지나간 시대의 전원시와

행문을

보자.

Die vier Jahreszeiten des Lebens

삶의 사계:

헤르만 헤세 아포리즘

Die vier Jahreszeiten des Lebens

헤르만 헤세 지음 | 김선형 엮음

세창미디어
MEDIA

차례

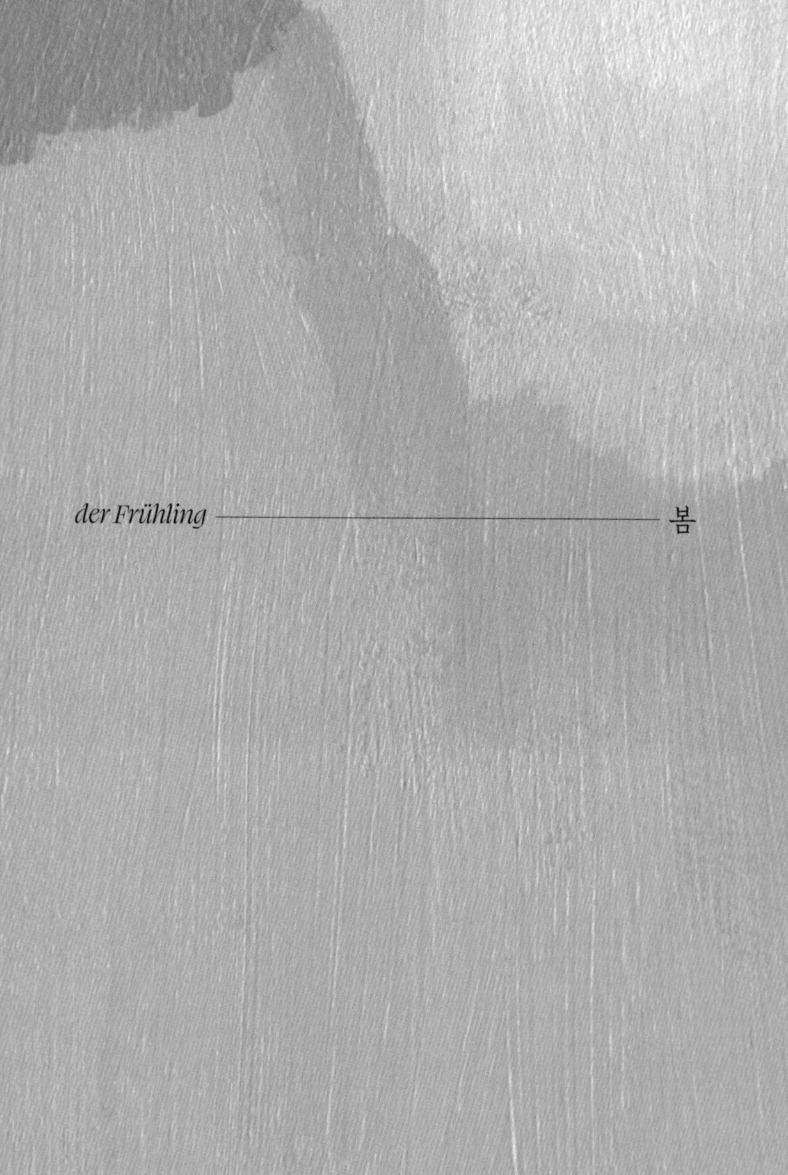

der Frühling —— 봄

"그대들에겐 신앙심이 부족하다"라고 교회는 외친다. 그리고 "그대들에겐 예술이 부족하다"라고 아베나리우스[*]가 외친다. 이런 것은 나에게 별문제가 아니다. 나는 우리에게 기쁨이 부족하다고 생각한다. 고양된 삶의 활기, 삶은 즐거운 것이며, 축제다. 르네상스가 바라본 이 견해가 우리를 그토록 눈부시게 매혹한다. 1분이라는 시간을 높이 평가하는 일, 서두름이 우리 삶의 형태 가운데 가장 주요한 원인이자 의심할 여지 없이 기쁨의 가장 위험한 적이다.

「작은 기쁨」

* **아베나리우스(Ferdinand Avenarius, 1856-1923)**: 독일의 서정 시인. 1902년 미술사가 슈만(Paul Schumann)과 함께 화가 뒤러(Albrecht Dürer)의 이름을 딴 뒤러 동맹(Dürerbund)을 결성하여 문화 개혁 운동의 선도적 역할을 하였다.

유감스럽게도 현대적 삶의 조급함은 우리의 작은 여유를 앗아 갔다.

(…)

다른 이들도 마찬가지지만, 나 또한 이런 폐해에 대한 보편적인 처방전을 알지 못한다. 다만 완전히 유행과는 동떨어진 개인적인 방법을 떠올리게 하고 싶다. 느긋한 즐거움은 두 배의 즐거움을 가져다준다. 작은 기쁨을 간과하지 말라!

「작은 기쁨」

나는 불면이 주는 내면적 교육에 대해 말하고 싶다. 고독한 시간의 무자비한 고요 속에서 아무런 간섭도 없이 자신만의 생각에 빠져드는 사람은 사물을 부드럽게 관찰하고, 그 사물에 깊은 애정을 담아 영혼의 깊은 곳까지 볼 수 있으며, 인간의 모든 약점을 호의적으로 이해할 수 있다.

「불면의 밤」

나는 저녁 내내 창가에 누워 있었다. 검고 고요한 바다 위로 높은 천장들 사이 좁은 띠 모양의 짙푸른 밤하늘에서 황금빛 물방울 같은 별들이 보였다. 그리고 놀랍게도! 이 별을 보니 오래된 노래가 떠올랐고, 아버지의 정원, 고향 그리고 어린 시절, 그리고 어머니가 생각났다. 나는 오랫동안 어머니를 그리고 여름의 알록달록한 화단이 있는 정원에 대해 꿈을 꾸었다가, 마침내 고요한 운하에서 낮은 소리로 철썩거리며 헤치고 나아가 늦게까지 일을 하는 곤돌라 뱃사공의 외침에 잠에서 깨어났다.

「베네치아 비망록」

Odysseus (bei Livorno)

Mir träumt, sein Steuer läge in der Hand
Des göttlichen Odysseus, der sein Land
Durch aller Meere schreckenvolle Flucht
Mit namenlosem Heimweh liebt und sucht,
Der nächtelang, unbeugsam dem Geschick,
Des Himmels Sterne mißt mit scharfem Blick,
Der hundertmal verschlagen und bedroht
Sich sehnt und weiterkämpft durch Angst und Tod
Und sturmverfolgter hoffnungsloser Farht
Ziel und Vollendung ungebeugt erharrt.

나의 꿈속에, 말할 수 없는 그리움과 두려움을
마음에 담고 모든 바다를 떠돌아
고향을 찾아가는 고귀한 오디세우스가
돛단배의 노를 젓고 있었다.
몇 날 밤이나 그는 운명에 저항하면서
수백 번이나 두근거리며 두려움을 느끼고
불안과 죽음을 각오하고 계속해서 투쟁하면서
날카로운 눈빛으로 하늘의 별을 찾았다.
폭풍우에 쫓겨 희망 없는 항해를 하면서도
굴하지 않고 목표와 완성을 기대했다.

「오디세우스-리보르노에서」

Die Zypressen von San Clemente

Wir biegen flammend schlanke Wipfel im Wind,
Wir schauen Gärten, welche voll Frauen sind
Und voll Spiel und Gelächter. Wir schauen Gärten,
Wo Menschen geboren und wieder begraben werden.

Wir sehen Tempel, welche vor vielen Jahren
Voll von Göttern und voll von Betenden waren.
Aber die Götter sind tot und die Tempel sind leer
Und im Grase liegen gebrochene Säulen umher.

Wir sehen Täler und sehen silberne Weiten,
Wo Menschen sich freuen, müde werden und leiden,
Wo Reiter reiten und Priester Gebete sagen,
Wo Geschlechter und Brüder einander zu Grabe tragen.

Aber des Nachts, wenn die großen Stürme kommen,
Werden wir traurig und bücken uns todbeklommen,
Stemmen die Wurzeln angstvoll und warten leise,
Ob der Tod uns erreiche, oder vorüberreise.

바람 속 타오르는 불길 모양의 날렵한 우듬지가 몸을 굽힌다.
우리는 장난치며 웃는 여인들이
가득한 정원을 바라본다. 우리는 사람들이
태어나고 다시 매장되는 수도원의 정원을 바라본다.

우리는 사원을 관찰한다. 오래전부터
신들과 기도하는 사람들이 가득 찬 그곳.
그러나 신들은 죽었고 사원은 텅 비었다.
그리고 잔디밭에는 무너진 기둥들이 흩어져 있다.

우리는 계곡과 은빛의 아련한 평지들을 관찰한다.
인간들이 즐거워하고 피곤해하며
고통스러워하는 곳,
기사들이 말을 타고 사제들이 기도문을
읊조리는 곳,
종족들과 형제들이 함께 묻히는 곳.

그러나 거대한 폭풍이 몰아치는 밤이 오면,
우리는 슬픔에 죽을 듯 두려움에 사로잡혀 몸을 숙인다.
죽음이 우리에게 다가오는지, 아니면 그냥 지나쳐 갈지,
뿌리들은 불안하게 버티면서 조용히 기다린다.

「산 클레멘테의 사이프러스들」

Bei Spezia

In großen Takten singt das Meer,
Der schwüle Westwind heult und lacht,
Sturmwolken jagen schwarz und schwer;
Man sieht sie nicht, es ist zu nacht.

Mir aber scheint: so tot und bang,
So ohne Trost und Sternegold
Durch schwüle Nacht und Sturmgesang
Sei auch mein Leben hingerollt.

Und doch ist keine Nacht so schwer
Und so voll Dunkels keine Fahrt,
Der nicht vom nahen Morgen her
Des Lichtes süße Ahnung ward.

바다는 거대한 울림으로 노래한다.
후덥지근한 서풍은 울부짖다가 웃기도 한다.
구름이 질주하며 검은 폭풍우를 몰고 온다.
어두운 밤이 되어 그 광경이 보이지 않는다.

모두가 죽은 듯하여 두렵고,
위로도 찾을 수 없고 금빛으로 빛나는 별도 없는 것 같다.
숨 막히는 밤에 폭풍우가 내는 노래를 뚫고
내 삶도 그곳으로 굴러가는 듯하다.

그리고 아침이 다가오지만
상쾌한 아침 햇살을 기대할 수 없는
어둠이 가득한 곳에서 움직이지 말아야
밤은 힘들지 않을 것이리라.

「스페치아에서」

오, 우리의 소년 시절이여! 여러 가지 일을 저지르고, 열정적이고, 불손하고 오만한 승리자였던 짧은 시절이여! 우리는 당시 무엇을 체험하고 함께했던가, 얼마나 뜨겁고 격렬하였기에 이렇게 잊히지 않는가! 당시 우리를 이해하지 못하고 진지하게 받아 주지 않던 어른들, 특히 선생님들이 그러했지.

(…)

그러나 우리가 그토록 열정을 쏟고 지독히 반항했더라도, 우리는 바람이 불면 아름다운 형태가 되어 빛으로 순수하고 부드러운 색채로 물들여지는 구름과 같은 존재였다. 동화, 노래, 아름다운 말, 어머니의 선한 눈빛이 우리의 마음속에 파고들어 어리고 반항적인 영혼은 녹아내리며 전율하였고 기꺼이 경탄과 감동으로 굴복하였다.

「소년 시절」

예로부터 모든 예술가는 가끔 게으름을 피울 필요가 있다. 부분적으로는 새로이 획득한 대상을 명백하게 하고 무의식적으로 작업한 소재를 성숙시키고, 부분적으로는 무심코 몰두하여 자연스러움에 더욱더 접근하며 다시 어린아이가 되고, 땅, 식물, 바위 그리고 구름의 친구이자 형제로서 느끼기 위해서이다.

(…)

오늘날 눈에 띄는 아름다운 작품으로 변화시키고 싶은 것이 그의 내면에서 활동하고 있다. 그러나 그 작품은 아직 의욕이 없으며, 아직 성숙하지 않다면, 유일하게 가능한 가장 멋진 해결책을 아직은 수수께끼로서 내면에 간직하고 있다. 그러므로 기다리는 수밖에 달리 어쩔 도리가 없다.

「게으름의 예술」

그의 연설은 몽상가와 허풍쟁이의 말이 아니다. 그는 농부들과는 마치 농부처럼, 도시인들과는 도시인처럼, 기사들과는 기사처럼 이야기했다. 그는 자신이 받은 감동에 대해 모든 사람과 이야기했다. 형제들에게 형제로서, 고통받는 이들에게 고통을 겪었던 사람으로서 병자들에게 치유받은 이로서 이야기했다.

「아시시의 성 프란치스코」

레오 형제는 그에게 질문하였다. "성자시여, 도대체 무엇이 완벽한 즐거움인지 말씀해 주십시오." 그러자 프란치스코는 그에게 대답하였다. "우리가 산타 마리아에 와서 비에 젖고 추위로 몸이 완전히 마비되고 더러워지고 굶주림으로 쇠약해졌을 때, 우리가 문을 두드리자 문지기는 화를 내며 '누구냐?' 하고 말할 것이다. 그리고 우리는 '두 명의 형제입니다'라고 대답할 것이다. 그러자 그가 다음과 같이 대답할 것이다. '너희가 말한 것은 거짓말이야. 너희는 세상을 떠돌면서 세상을 속이고 가난한 사람들에게 자선하라고 괴롭히는 부랑자야. 여기서 꺼져!' 그리고 그는 우리에게 문을 열어 주지 않고 우리를 눈과

»»

»»

비, 밤늦게까지 굶주림과 추위 속에 서 있게 할 것이다. 우리가 화내지 않고 그런 부당함과 오해를 인내하고 우리를 가치 없는 인간으로 생각한 문지기가 옳고, 신이 그에게 그렇게 말하도록 명령했다고 생각한다면, 오 레오 형제여, 이를 완벽한 즐거움이라고 적으라. 들어 보라, 그리스도가 그의 자식들에게 주신 모든 은사와 정신의 은총보다 더욱 높은 것은 바로 이뿐이다. 즉 자신을 극복하고 그의 사랑을 통해 기꺼이 형벌과 모욕, 고통을 인내하는 것이다."

「아시시의 성 프란치스코」

마세오 수도사는 성 프란치스코의 겸허를 시험해 보기 위해 질문했다. 이에 성 프란치스코는 그에게 말했다. "지고한 신의 눈은 모든 죄악 중에 나보다 더 고약하고 보잘것없으며 불행한 이를 알지 못하셨지만, 나에게 선함과 악함을 인식하는 눈을 주셨습니다. 그의 놀라운 일을 완성하기 위해 지상에서 나보다 더 약한 존재를 알지 못하였지만, 나를 선택하셨습니다. 그는 세상 사람들의 모든 영광과 지혜가 부끄러운 것임을 알리기 위해 나를 선택하셨고, 나에게 모든 주권과 선이 그에게서 유래했지 인간에게서 나오지 않았다는 사실을 인식하게 하셨습니다. 누구도 자랑하지 않고 교만하지 않게 하기 위함입니다." 그러자 마세오 수도사는 감탄하고 성 프란치스코가 진정한 겸허를 지닌 사람임을 확신하게 되었다.

「아시시의 성 프란치스코」

죽음이 적당한 시간을 알기에, 확신을 가지고 기다리면 찾아오는 현명하고 선한 형제라는 사실을 문득 깨닫게 되었다. 고통과 실망, 우울이 우리를 불쾌하고, 가치 없고, 품위 없는 존재로 만드는 감정이 아니라, 우리를 성숙시키고 밝혀 주기 위한 감정이라는 사실을 이해하기 시작했다.

『페터 카멘친트』

프란치스코는 전체 대지, 식물, 별, 동물, 바람 그리고 물을 하나님을 향한 그의 사랑에 포함시키면서, 중세와 단테까지도 뛰어넘어 시간을 초월한 인간의 언어를 발견했다. 그는 자연의 모든 힘과 현상을 그의 사랑하는 형제자매라 불렀다.

『페터 카멘친트』

낯선 언어로 이야기하는 여행의 동반자이자 동료인 자연에 귀 기울이기 시작하면서 나의 우울감은 치유까지는 아니더라도, 순화되고 정화되었다. 나의 귀와 눈은 날카로워졌고, 나는 그 정교한 음조와 차이를 파악하고, 모든 삶의 심장박동을 좀 더 가까이에서 명확하게 듣고 이해하며, 그것을 시인의 언어로 표현할 수 있는 능력을 공유하기를 갈망했다. 그래서 나는 다른 사람들도 자연에 다가가서 모든 원기 회복, 정화 그리고 천진난만함을 좀 더 이해심을 갖고 찾아 주었으면 했다.

『페터 카멘친트』

나는 눈에 보이는 모든 것에 사랑을 말했고, 사물을 무관심하거나 경멸하며 보지 않도록 노력했다. 이것이 나의 어두웠던 삶에 얼마나 새롭고, 얼마나 많은 위로를 주었는지 말할 수 없다! 말하지 않아도 지속적이고 열정적인 사랑보다 더 귀하고 행복한 것은 세상에 없다.

『페터 카멘친트』

그 언덕들은 차갑고, 견고하고 명료했다. 그러나 멀리 저 너머 예감했던 그 복된 푸른 심연은 더욱 고상하게 동경을 일깨우며 놓여 있었다. 아직도 나는 나를 유혹하는 듯한 심연을 자주 바라보았다. 나는 그 매력에 저항하지 않았다. 심연에 친근함을 느끼자 가까이 있는 언덕과 현재의 언덕이 낯설어졌다. 그리고 나는 그것을 행복이라 부른다. 저 너머로 마음이 기울자 푸른색의 광야가 펼쳐진다. 저 멀리 보이는 저녁을 바라보고 몇 시간 동안 가까운 곳에 대한 냉정함을 잊는다. 그것은 나의 청년 시절에 생각했던 것과는 다른 행복이다. 그 시절은 조용하고 고독하였고 아름답지만 물론 즐겁지만은 않았다.

「멀리 보이는 푸른빛」

Allein

Es führen über die Erde]1
Straßen und Wege viel,
Aber alle haben
Dasselbe Ziel.

Du kannst reiten und fahren
Zu zweien und zu drein,
Den letzten Schritt mußt du
Gehen allein.

Drum ist kein Wissen
Noch Können so gut,
Als daß man alles Schwere
Alleine tut.

대지 너머로 이어지는
거리와 길은 많지만
모두 같은 목표에 도달한다.

말을 탈 수도, 차를 타고 갈 수도,
둘이서나 셋이서 갈 수 있지만,
마지막 걸음은 혼자서 가야만 한다.

「홀로」

Im Nebel

Seltsam, im Nebel zu wandern!
Einsam ist jeder Busch und Stein,
Kein Baum sieht den andern,
Jeder ist allein.

Voll von Freunden war mir die Welt,
Als noch mein Leben licht war;
Nun, da der Nebel fällt,
Ist keiner mehr sichtbar.

기이하여라, 안개 속을 거니는 것은!
모든 나무도, 돌도 외롭다.
어떤 나무도 다른 나무를 보지 못한다,
모든 사람은 혼자이다.

나의 세계는 친구들로 가득했다.
나의 삶이 아직 빛을 발하고 있을 때는.
그때 안개가 내리자,
더는 아무도 보이지 않았다.

「안개 속에서」

물방앗간 앞들에는 크고 작은 착즙기, 수레며, 과실을 가득 담은 바구니와 포대, 물통, 큰통과 그릇들, 갈색의 찌꺼기가 산더미처럼 쌓여 있고, 나무 지렛대, 손수레, 텅 빈 마차들이 보인다. 착즙기는 삐거덕거리며 신음하고, 끙끙거리고, 덜덜거리며 작동하였다. 착즙기 대부분은 초록 래커 칠이 되어 있었는데, 이 초록 색깔은 찌꺼기의 황갈색, 사과 바구니의 색깔, 밝은 초록빛 개울, 맨발의 아이들, 맑은 가을 하늘 햇빛과 함께 그 풍경을 보는 이에게 기쁨, 생의 쾌감과 풍요로움을 주는 유혹적인 인상을 불러일으켰다. 삐걱거리는 소리와 함께 사과가 으깨지자 신맛이 돌아 식욕을 돋우는 소리가 났다.

『수레바퀴 아래서』

Glück

Solang du nach dem Glücke jagst,
Bist du nicht reif zum Glücklichsein,
Und wäre alles Liebste dein.

Solang du um Verlornes klagst,
Und Ziele hast und rastlos bist,
Weißt du noch nicht was Friede ist.

그대가 모든 소원을 포기하고
목표도 욕구도 알지 못하고,
행복이란 이름을 부르지 않으면.

그때야 세상일의 풍파가
그대 마음을 파고들지 않고
그대 영혼은 평온해지리니.

「행복」

적당히 먹고 마시기, 매일 조금씩 운동하기, 즐거운 마음으로 청결 유지하기. 이것으로 이미 놀라운 효과를 발휘한다.

(…)

몇 그루의 나무, 별이 가득한 밤하늘의 별 보기, 거리의 사람과 동물을 보는 것이 건강한 사람에게는 기쁨을 준다. 감각을 순수하고 건강하게 유지하면, 모든 것에서 삶의 기운을 빨아들일 수 있다.

「크리스마스에 즈음하여」

Zum Neuen Jahr gratuliert herzlich
Ihr Hermann Hesse

그러나 우리는 대부분 돈에 사랑과 관심을 바치지만 이런 일은 환멸과 빠른 노화로 되돌아올 뿐이다. 모든 시대를 걸쳐 삶의 지혜이자, 비밀은 놀랍지만, 또 간단하다. 아주 조금의 사심도 없이 헌신하는 것, 모든 관심, 모든 사랑은 우리를 더욱 풍요롭게 한다. 반면에 소유욕과 권력욕은 우리의 힘을 앗아가고 더욱 빈곤하게 할 뿐이다.

(…)

자신을 포기하고 사랑으로 헌신하며 동정심으로 봉사하는 일은 자신을 양보하고 단념하는 것 같지만, 실은 더 풍요로워지고 위대해지는 일이다. 그리고 이것이 앞으로 그리고 위로 가는 유일한 길이다.

「크리스마스에 즈음하여」

der Sommer —— 여름

11. Juli 25

인간의 삶이 피할 수 없는 것은 받아들이고, 좋은 일과 곤란한 일 또한 충분히 맛보고, 외적인 우연과 함께 우연이라 할 수 없는 본래의 내적 운명을 극복하는 과정의 총체라면, 나의 삶은 불행하지도 나쁘지도 않았다. 외적인 운명이 다른 모든 사람처럼 나 또한 지나갔고, 신이 정한 것처럼 피할 수 없던 내적인 운명은 여전히 나만의 일이었다. 그 달콤함과 쓴맛은 나에게 달려 있고, 나 혼자만이 그것을 위한 책임을 받아들여야 한다.

『게르트루트』

나는 순탄했던 젊은 시절에 삶과 사람의 문제가 그토록 간단히 헤쳐 나갈 수 없는 문제임을 처음으로 너무도 분명히 깨닫게 되었다. 때로는 미워하고 사랑하며, 때로는 존경하고 경멸하면서, 모든 것이 서로 뒤섞여 함께 살아가고 분리될 수도, 순간적으로는 거의 구별되지도 않기 때문이다.

『게르트루트』

청년들은 영원히 산다고 믿기 때문에 모든 소망과 생각을 자신에게만 집중할 수 있다. 노인들은 어디엔가 끝이 있고 자신만을 위해서 소유하고 행동하는 모든 것이 결국에는 구멍에 빠지고 아무 의미가 없다는 것을 이미 알아차리게 되었다. 그러기에 노인에게는 벌레처럼 하찮은 이를 위해 일하는 것이 아니라, 다른 영원성과 믿음이 필요하다. 이것이 아내와 자녀, 사업과 사명과 조국을 위한 것이며, 일상의 고통과 괴로움이 누구를 위해서 일어나는지 알 수 있도록 하기 위함이다.

『게르트루트』

이러한 일상을 당연한 일로 생각지 않는 사람은 진실한 삶의 순간을 일상의 나날 속에서 열렬히 그리고 조심스럽게 찾게 될 것이다. 이 순간들은 빛을 발하여 환희 속에서 모든 것의 의미, 목표를 향한 생각 그리고 시간 감각까지 없앤다. 사람들은 이 순간을 창조적 순간이라 칭할 수 있다.

『게르트루트』

당신을 전혀 이해하지 못하는 사람들이 당신을 올바로 대하지 않는다고 생각해서는 안 된다! 당신이 먼저 다른 사람을 이해하고, 다른 사람을 기쁘게 하고 다른 사람을 올바로 판단해 보려고 어떻게든 먼저 노력해 보아야 한다!

『게르트루트』

거대한 밤나무의 무성하고 짙은 우듬지 사이로 별들이 가득한 검푸른 하늘이 보였다. 황금색의 별들은 사뭇 진지하게 떠올라, 멀리까지 행복의 빛을 발했다. 그렇게 별들은 빛나고 나무들은 꽃봉오리와 꽃잎 그리고 암술머리를 훤히 드러내 보이며, 그들에게 즐거움이든 고통이든 간에 거대한 삶의 의지에 몸을 맡기고 있었다.

『게르트루트』

사랑이란 아무 도움이 되지 못할 수도 있고, 서로를 좋아하는 사람들이라도 그냥 서로 스쳐 가며 각자 자신의 운명을 살아야 하고, 모든 사람은 자신만의 불가해한 삶을 살아야 한다. 사람들은 다른 사람을 돕고 가까워지고 싶어 하지만, 아무 의미 없는 슬픈 악몽처럼 아무 일도 할 수 없기도 하다.

『게르트루트』

철학자들이 쓰는 모든 말은 단지 놀이에 지나지 않을 수 있다. 아마도 그들은 이 일을 하면서 스스로 위안을 얻었을 것이다. 어떤 사람은 동시대 사람들을 견디어 낼 수 없자 개인주의를 창안하고, 다른 사람은 혼자서는 견디어 내지 못하자 사회주의를 창안했다.

『게르트루트』

운명이란 선량하지 않았으며, 삶은 변덕스럽고 잔인했고, 자연에는 선함과 이성이 없다. 그러나 우발적 사건에 희롱당해도, 우리 내면에는, 우리 같은 사람에게는 선함과 이성이 있고, 몇 시간 동안이라도 우리는 자연과 운명보다도 훨씬 더 강해질 수 있다. 그리고 우리는 필요하면 서로 가까워질 수 있고, 서로 이해하는 눈빛을 볼 수 있다. 그리고 서로 사랑하고 서로를 위하며 살 수 있다.

『게르트루트』

우리의 마음은 삶을 회피할 수 없지만, 삶을 계발하여 그 내막을 알게 되면, 우연을 뛰어넘어 고통에 굴하지 않고 관조할 수 있을 것이다.

『게르트루트』

사람들은 독서할 때 무엇보다도 모든 훌륭한 책이 주의력의 표현이자 얽혀 있는 모든 사물을 응축하여 강도 높게 단순화한 결과물임을 느껴야 한다. 작은 시詩도 인간의 감정을 단순화하고 주의력을 집중한 것이다. 그래서 독서할 때 집중하여 관심을 가지고 같이 경험하고자 하는 의지를 가지지 않았다면 나쁜 독자이다.

(…)

생각 없이 산만하게 독서하는 행위는 아름다운 풍경을 눈을 가리고 산책하는 것과 같다. 우리는 우리 자신과 일상의 삶을 잊기 위해 독서해서는 안 되고, 그 반대로 우리 자신의 삶을 보다 의식적이고 성숙하게 우리의 손안에 단단히 쥐기 위해서 독서해야 한다.

「독서하는 일에 대하여」

내 생각에는 근본적으로 여행은 인류의 이상을 탐구하는 사람으로서 낯선 곳을 살펴보고 체험하는 것을 의미한다. 그러면서 미켈란젤로의 작품, 모차르트의 음악, 토스카나의 대성당 혹은 그리스의 사원이 우리에게 인류의 이상을 입증하고 확언해 준다. 그리고 우리가 비록 이 점을 분명하게 생각하지 않더라도, 여행을 즐기는 행위를 통해 우리는 인간 문화의 의미, 깊은 합일, 불멸성에 대한 요구를 확인한다.

「어느 여행길」

인간의 성격은 삶의 상황이 좋지 않을 때 숨김없이 드러난다. 그리하여 외적인 삶의 통상적인 도움이 사라지거나 흔들리면, 정신적인 것, 혹은 이상적인 것에 대해서, 사람들이 느끼거나 포착할 수 있는 모든 것에 대해서 개인의 관계는 그때야 비로소 진정성과 진실한 가치를 보여 준다.

「내면의 풍요로움」

한 번도 나의 삶에서 시도하지 않았던 것인데, 스케치하고 그림을 그리기 시작하면서, 나는 자주 견디기 어려웠던 우울감에서 빠져나올 출구를 찾았다. 그것이 객관적으로 가치가 있는지는 아무래도 상관없다. 그것은 나에게 글을 쓰는 작업으로 거의 얻지 못했던 예술의 위로 속에 새롭게 빠져들어, 욕심 없이 집중하게 하는 소망 없는 사랑이다.

펠릭스 브라운Felix Braun에게 보내는 1917년 6월 7일 자 편지

Schicksalstage

Als dein Eigenstes erkennst du,
Was dir fremd und feind erschien,
Und mit neuen Namen nennst du
Dein Geschick und und nimmst es hin.

Was dich zu erdrücken drohte,
Zeigt sich freundlich, atmet Geist,
Ist ein Führer, ist ein Bote,
Der dich hoch und höher weist.

그대에게 낯설고 적대적이었던 것이,
그대만의 것이라고 인식할 때,
그러면 그대는 새로운 이름으로
그대의 운명이라 부르게 되고 운명을 받아들이게 된다.

그대를 질식시키려 위협하였던 것이,
친근하게 보이고, 정신을 불어넣는다.
그대를 높이 그리고 더 높은 곳을 가리켜 주는 것이,
그대의 지도자이며 메신저이다.

「운명의 날들」

Bücher

Alle Bücher dieser Welt
Bringen dir kein Glück,
Doch sie weisen dich geheim
In dich selbst zurück.

Dort ist alles, was du brauchst,
Sonne, Stern und Mond,
Denn das Licht, danach du frugst,
In dir selber wohnt.

Weisheit, die du lang gesucht
In den Büchereien,
Leuchtet jetzt aus jedem Blatt —
Denn nun ist sie dein.

이 세상의 모든 지혜가
그대에게 행복을 가져다주진 않는다.
하지만 책들은 그대에게 몰래
그대 자신으로 되돌아가라고 알려 준다.

그곳에 그대가 필요한 태양, 별과 달
모든 것이 있다.
그대가 구했던 빛은
그대의 마음속에 자리 잡고 있기 때문이다.

「책들」

Der Weg nach Innen

Wer den Weg nach innen fand,
Wer in glühndem Sichversenken
Je der Weisheit Kern geahnt,
Daß sein Sinn sich Gott und Welt
Nur als Bild und Gleichnis wähle:
Ihm wird jedes Tun und Denken
Zwiegespräch mit seiner eignen Seele,
Welche Welt und Gott enthält.

내면으로 가는 길을 발견한 이는,
열심히 생각에 몰입한 이는,
지혜의 핵심을 한 번이라도 예감한 이는,
그래서 신과 세상에 대한 자신의 뜻을
형상과 비유로만 선택한다면
모든 행위와 생각이
세상과 신이 어떤 의미를 지니고 있는지를
자신의 영혼과 대화하게 된다.

「내면으로의 길」

우리의 감정을 받아들이면, 다름 아니라 우리의 존재를 소중하게 여기고 기분을 좋게 만든다는 사실을 점점 더 깨닫게 되었다. 사람들이 '행복'이라고 말할 수 있는 것을 지상에서 보았을 때, 이를 어떻게 받아들일지 문제가 생긴다. 돈, 권력은 아무것도 아니었다. 사람들은 이 두 가지를 가졌지만 불행한 사람들을 보았을 것이었다. 아름다움도 아무것도 아니었다. 아름다운 남녀도 비록 아름답지만 비참한 경우를 보았을 것이다. 건강도 중요하지 않았다. 모든 사람은 자신이 느꼈던 것보다 훨씬 건강했다. 많은 병자가 죽기 바로 직전까지 삶의 즐거움으로 원기왕성하였는데, 건강했던 많은 사람이 고통에 대한 두려움으로 불안해하며 쇠약해졌다. 확고한 감정을 가졌고 그에 따라 살았으며 그것을 몰아내거나 억압하지 않고 돌보고 즐겼다면, 행복은 어디에건 존재했다.

「마르틴의 일기에서」

감정은 다양한 것처럼 보였지만, 근본적으로 하나였다. 사람들은 모든 감정을 의지라고 부르거나 혹은 그 자체로 생각한다. 나는 그것을 사랑이라 칭한다. 사랑은 행복 그 자체이다. 사랑할 수 있는 사람은 행복하다. 사랑 속에서 자기 자신을 느끼고 삶을 느끼는 우리의 영혼의 모든 행동은 사랑이다. 그러므로 많이 사랑할 수 있는 사람은 행복하다. 그러나 사랑과 욕구는 같지 않다. 사랑은 현명하게 된 욕구이다. 사랑은 아무것도 가지려 하지 않는다. 사랑은 단지 사랑하려 한다. 그러기에 세상에 대한 그의 사랑을 사상의 그물로 따져 보고 점점 더 새롭게 세상을 그의 사랑이라는 그물로 감쌌던 철학자 역시 행복했다.

「마르틴의 일기에서」

그리고 세상의 불행과 나 자신의 불행은 사랑하는 것이 문제가 생길 때 일어났다. '너희들이 아이처럼 되지 못하면 천국에 들어서지 못하리라' 혹은 '하느님의 나라가 너희들의 마음속에 있느니라'라는 신약성서의 구절이 갑자기 참되고 심오하게 여겨졌다.

그것이 가르침이었다. 세상의 유일한 가르침이었다. 예수도 이것을 말했고 붓다도 말했고, 헤겔도 이 말을 했다. 누구나 자신의 신학에서 말했다. 모든 사람에게 세상에서 유일하게 가장 중요한 것은 그의 자신의 내면이고, 그의 영혼이며, 사랑할 수 있는 능력이다. 사랑할 능력이 있으면, 사람들이 잡곡을 먹든, 케이크를 먹든, 누더기를 걸치든, 보석을 걸치든, 모든 것은 괜찮고, 세상은 영혼과 순수하게 조화를 이루고, 좋아지며 괜찮아진다.

「마르틴의 일기에서」

그러나 깨달음은 아직 삶이 아니다. 그것은 삶에 이르는 길이고 많은 사람이 영원히 그 길로 가는 도중에 머물러 있다. 나 역시 길을 예감했었고 분명히 안다고 생각했지만, 그 길로 제대로 간 적이 없었다. 진보와 퇴보, 열정과 불만, 믿음과 실망만이 있었다. 아마도 그런 일은 언제나 있다.

「마르틴의 일기에서」

15.IV.43

크라이돌프*와 그 밖의 다른 점에서는 그렇게 멀게 느껴지지 않는다. 나의 작은 수채화는 일종의 문학작품이거나 꿈이다. 그것들은 '현실'에서부터 머나먼 시절의 추억을 소환하고, 그것들을 개인적 감정과 필요에 따라 변화시키고 있다. 크라이돌프의 작품도 비슷하다. 그는 그림의 대가이고, 걸작을 위한 숙련되고 노련하고 섬세한 손을 지녔다. 그리고 그 옆에서 나는 아마추어인 것을 잊지 않는다.

헬레네 벨티Helene Welti**에게 보내는

1919년 11월 7일 자 편지

* **에른스트 크라이돌프(Ernst Kreidolf, 1863-1956):** 화가. 그에 대해서 헤세는 두 개의 논문(「에른스트 크라이돌프의 동화집(Ernst KreidolfsKinderbücher, 1908)」과 「에른스트 크라이돌프의 50세 생일을 맞이하여(Zum fünzigsten Geburtstag Ernst Kreidolf, 1912/13)」)를 집필했다.

** **헬레네 벨티(Helene Welti, 1865-1942):** 스위스의 사업가인 프리츠 벨티(Fritz Welti, 1857-1940)의 아내로, 헤세의 후원자였다. 그녀는 미출판 편지, 수채화, 헤세 작품의 희귀본과 다양한 보충 자료 등 헤세의 컬렉션을 사후 스위스 국립도서관에 기증했다.

der Herbst —— 가을

H-32

모든 인간의 삶이란 자기 자신에게 도달하기 위한 여정이자, 길을 찾는 시도이자, 좁은 길을 찾는 암시이다. 일찍이 어떤 인간도 완전히 자기 자신이었던 적은 없다. 그럼에도 어떤 사람은 둔하게, 어떤 사람은 좀 더 명확하게, 저마다 모두 완전한 자기 자신이 되고자 노력한다.

『데미안』

내 일을 처리하고 내 길을 찾는 일은 온전히 나 자신의 문제였다. 그런데 대부분의 유복하게 자란 아이들이 그렇듯이 나는 내 문제를 다루는 일에 서툴렀다. 사람은 누구나 이러한 어려움을 겪고 산다. 평범한 사람들에게 이것은 자기 삶의 요구가 주위 세계와 가장 격하게 충돌하면서, 앞으로 나아가는 길을 획득하기 위해 가장 치열하게 노력하여야 하는 삶의 한 지점이다.

『데미안』

신이 우리를 외롭게 만들면서 우리 자신으로 인도하는 방법은 수없이 많다.

『데미안』

그 몇 주 동안, 지금까지 읽었던 모든 책보다 나에게 깊은 인상을 준 한 권의 책을 읽기 시작했다. 그 후 니체 책을 제외하고는 그러한 경험을 한 적이 거의 없었다. 그중 많은 부분은 이해하지 못했지만, 모든 내용이 말할 수 없을 정도로 나를 매료할 뿐 아니라 사로잡았던 것은 서간문과 잠언이 수록된 노발리스의 책이었다. 잠언 중 하나가 떠올랐다. 나는 그 말을 그림 밑에 펜으로 적었다. '운명과 감정은 하나의 개념을 지닌 다른 이름이다.' 이제야 그 말을 이해했다.

『데미안』

새는 알을 깨고 나온다. 알은 세계이다. 태어나고 싶은 사람은 하나의 세계를 파괴해야 한다. 새는 신을 향해 날아간다. 그 신의 이름은 아브락사스이다.

『데미안』

나는 당시 소위 사람들이 말하는 것처럼 '우연'이란 독특한 피난처를 찾았다. 그러나 우연이란 존재하지 않는다. 어떤 것이 절대적으로 필요한 사람이 그가 필요한 것을 찾았다면 그것은 우연이 아니다. 우연이 아니라 그 자신이 그에게 그것을 주었고, 자신의 욕망과 필연성이 그를 그곳으로 이끈 것이다.

『데미안』

당신을 날게 만드는 추진력은 모든 사람이 가지고 있는 인간의 위대한 자산입니다. 그것은 모든 힘의 뿌리와 결합의 감정이지만, 그러나 동시에 곧 사람을 불안하게 합니다. 대단히 위험합니다. 그러기에 대부분 기꺼이 날기를 포기하고 법적 규정에 따라 보도로 걷고자 합니다. 그러나 당신은 그렇지 않을 겁니다. 당신은 유능한 청년답게 계속해서 날게 될 겁니다. 그리고 보십시오. 그곳에서 당신은 기적을 발견할 것이고, 점차 그것을 마음대로 조정하게 되며, 당신이 끌어당기는 위대하고도 보편적인 힘에서 자신만의 미묘한 힘을 찾고는, 하나의 기관, 하나의 방향타가 있는 사실을 알게 될 것입니다.

『데미안』

그러나 나는 당신에게 말하겠습니다. 이 꿈들을 실행하며 살아가고 제단을 쌓아 보십시오. 완벽한 것은 아니지만, 그것이 길이니까. 당신과 나, 우리 그리고 다른 몇몇 사람이 세상을 개혁하게 될지 밝혀지겠지요. 그리고 우리는 날마다 우리의 내면에서 새로워져야 합니다. 그러지 않으면 우리에게는 아무것도 남지 않을 것입니다.

『데미안』

네가 죽이고 싶은 사람은 그 어떤 다른 사람이 아니라, 그것은 단지 가장假裝에 지나지 않아. 우리가 어떤 사람을 증오하면, 그것은 그의 모습을 하고 있지만, 우리 내부에 자리 잡고 있는 어떤 것을 증오하는 것이야. 우리 내부에 있지 않은 것은 우리를 흥분시키지 않으니까.

『데미안』

사람은 서로를 도와줄 수 없어. 아무도 나를 도와주지 않았어. 너는 너 자신에 대해 곰곰이 생각해 봐. 그리고 정말로 너의 본질에서 우러나오는 것을 해야만 해. 다른 방법은 없어. 나는 네가 자신을 찾지 못하면, 그러면 너는 어떤 유령도 발견할 수 없을 거라 생각해.

『데미안』

나의 부모님과 그들의 세계, 나의 아름다운 어린 시절 그 '밝은' 세계에서 나는 격렬하게 다툰 끝에 헤어지지 않았다. 서서히 거의 눈에 띄지 않게 그들에게서 멀어져 낯설어졌다. 유감스럽지만 고향을 방문할 때 종종 괴로운 시간을 겪게 되었다. 그러나 마음속 깊이 파고들지 않았고 견딜만 했다.

『데미안』

모든 사람의 진정한 소명은 단 한 가지, 자신을 찾는 것이다. 그는 시인이나 광인이 될 수도 있고, 예언자가 될 수도 혹은 범죄자로 파멸할 수도 있다. 이것은 그의 일이 아니고, 궁극적으로 별로 중요한 일이 아닐 수 있다. 그의 일은 자신의 운명을 발견하는 일, 누구의 것도 아닌, 자신의 내부에서 굴하지 않고 온전히 살아가는 것이다.

(…)

나는 자연에서 미지의 세계로, 아마도 새로운 것에, 아마도 무無에 던져진 존재이다. 그리고 원시적 심연으로부터 던져진 것이 효과를 발휘하도록, 나의 내면에서 그 의미를 느끼고 나의 것으로 만드는 일이 나의 소명이다.

『데미안』

인류의 흐름에 영향을 미친 사람은 모두 예외없이 그들의 운명에 대비했기에 영향력을 줄 수 있을 정도로 유능했다. 이런 일이 모세와 붓다, 나폴레옹과 비스마르크에 해당한다. 어떤 흐름에 봉사하는지, 어떤 극점에서 그가 지배되는지, 그는 선택하지 않았다. 비스마르크가 사회민주주의자들을 이해했고 그들과 함께했다면 그는 현명한 사람이란 소리를 들었을 것이다. 그러나 그는 운명의 사람이 되지는 못했을 것이다. 나폴레옹도, 카이사르도, 로욜라*도 그랬다. 모든 위인이 그러했다!

『데미안』

* **이그나티우스 로욜라(Sanctus Ignatius de Loyola, 1491-1556)**: 스페인 귀족이자, 가톨릭의 사제이며 신학자이다. 그는 예수회의 창립자이자, 가톨릭 개혁의 지도자로 큰 역할을 하였다.

펜과 붓으로 작품을 완성하는 일은 나에게 와인과 같다. 와인의 도취는 삶을 견뎌 낼 수 있을 정도로 삶을 그렇게 따뜻하게 하고 매력적으로 만든다.

프란츠 카를 긴츠키Franz Karl Ginzkey*에게 보내는
1920년 12월 21일 자 편지

* **프란츠 카를 긴츠키(Franz Karl Ginzkey, 1871-1963):** 오스트리아 장교이자 신낭만주의에 속하는 작가이다. 그의 대표작은 동화 『하치 브라치의 풍선(Hatschi Bratschis Luftballon, 1904)』이다.

작은 팔레트는 가장 밝은 광채로 빛나는 순수하고 뒤섞이지 않은 색채로 가득 찼다. 그것은 그의 위로이고, 그의 탑이고, 그의 무기고이고, 그의 기도서였다. 그는 사악한 죽음을 향해 대포를 발사했다. 보라색은 죽음을 부정하고 주홍색은 부패를 조롱했다.

『클링조어의 마지막 여름』

그곳은 따뜻했다. 그는 배낭을 베고 하늘을 바라보았다. 세상은 얼마나 아름다운지, 세상은 얼마나 충만하면서도 지치게도 하는지!

『클링조어의 마지막 여름』

나 자신에게 폭력을 가하고, 구원의 길로 들어서지도 못한 채 나는 세상의 죄악과 고통을 가중시켰다. 구원의 길은 왼쪽도 오른쪽으로도 나지 않고 나 자신의 마음으로 인도하는데, 그곳에만 신이 있고 그곳에만 평화가 있다.

『방랑』

산 너머에서 눅눅한 산바람이 불어오고, 저 너머에는 마치 섬처럼 보이는 푸른 하늘이 다른 대지를 내려다보고 있다. 그 하늘 아래서 나는 자주 행복할 것이고, 때론 자주 향수병에 걸릴 것이다.

『방랑』

어린 시절부터 추억은 먼 계곡의 종소리처럼 울려 퍼진다. 여행에 취하여 남쪽 나라로 첫 번째 여행을 할 때, 푸른 호수 옆 무성한 정원에서 취한 듯 숨을 들이쉬고, 밤에는 창백한 설산 너머로 멀리 떨어져 있는 고향의 소리에 귀 기울였다. 고대의 거룩한 기둥 앞에서 처음으로 기도하고, 마치 꿈꾸듯이 갈색 바위 위로 거품이 이는 바다를 바라보았다.

『방랑』

나는 분수에 기대어 내가 가장 좋아하는 초록색 문과 그 뒤에 있는 교회 탑이 있는 목사관을 그렸다. 문을 더 진한 초록색으로 그리고 교회 탑을 더 길게 그렸다. 핵심은 내가 이 15분 동안 이 집에서 고향을 가졌다는 사실이다.

『방랑』

알프스의 남쪽 발끝의 이 축복받은 지역을 다시 보면, 그 어느 것 하나 낯설고 적대적이며 폭력적인 것은 보이지 않는다. 모든 것이 친근하고, 명랑하며 이웃처럼 보인다.

돌담, 바위 혹은 나무 그루터기, 잔디 혹은 땅 위 어디든지 그대가 원하는 곳에 앉아 보라. 그러면 그림과 시가 그대를 에워쌀 것이고, 그대 주위의 모든 세상이 아름답고 행복한 소리를 낼 것이다.

『방랑』

우리가 슬프고 더 이상 삶을 잘 견디어 낼 수 없을 때면, 나무가 우리에게 말해 줄지도 모른다. 조용히 해 봐! 조용히! 나를 봐 봐! 삶은 쉽지도 어려운 것도 아니야. 그것은 어린아이의 생각이야. 신이 네 안에 말하게 해 봐. 그러면 그런 생각은 잠잠해질 거야.

『방랑』

황금, 오물, 즐거움과 고통, 아이의 웃음과 죽음의 공포, 이 모든 것은 당신 안에 있다. 모든 것을 긍정하고, 가치 없는 일로 고통스러워하지 말며, 거짓으로 피하려 하지 말라.

『방랑』

경건은 다름 아닌 믿음이다. 단순하고 건강하고, 해롭지 않은 인간, 아이, 미개인은 믿음을 가진다, 우리와 같이 단순하지도 순진하지도 않은 인간들은 우회적이라도 확신을 가져야 했다. 자신에 대한 믿음이 그 시작이다. 믿음은 계산, 과실, 악의 있는 도덕의식, 금욕과 희생으로 획득할 수 없다. 이 모든 노력이 우리 외부에 있는 신을 향한 것이다. 우리가 믿어야 할 신은 우리 내부에 있다. 자신에게 아니오라고 말하는 사람은 신에게 예라고 말할 수 없다.

『방랑』

우울증이 마치 발작처럼 때때로 찾아온다.

(···)

오늘은 나는 그런 날에서 벗어나 휴식을 취한다. 나는 잠시 휴식을 가질 수 있으리라 기대한다. 나는 세상이 얼마나 아름다운지 안다. 왜냐하면 이런 시간에는 세상이 다른 누군가에게보다 더 아름답기 때문이고, 색채는 더 감미롭게 울리고, 대기는 더 복되게 흐르고, 빛은 더 부드럽게 떠다니기 때문이다, 그리고 나는 삶을 견딜 수 없는 날들로 그 대가를 지불해야 한다는 것도 안다. 우울함을 치료하는 좋은 방법이 있다. 그것은, 노래하기,

»»

»»

경건한 마음 갖기, 와인 마시기, 연주하기, 시 쓰기, 하이킹하기 등이다.

(…)

불쾌감은 사라지고, 삶은 다시 아름다워지고, 하이킹은 다시 의미를 가진다.

(…)

서서히 생명의 선이 상승하기 시작한다. 다시 노래 소절을 흥얼거린다. 다시 꽃을 꺾는다. 다시 산책용 지팡이를 가지고 걷는다. 다시 이겨 낸 것이다. 다시 한번 살아남았다. 아마도 더 자주 그럴 것이다.

『방랑』

하루가 아침과 저녁 사이로 흘러가듯, 나의 삶도 여행에 대한 욕구와 고향을 갖고자 하는 마음 사이를 오간다. 아마도 언젠가는 여행과 먼 곳이 영혼의 일부가 되어, 그 형상을 내면 속에 가지게 될 것이다. 그 형상 없이는 더 이상 무언가를 실현할 수 없을 것이다. 아마도 나의 마음 속에 고향이 있기에 나는 그곳으로 갈 것이고, 그러면 정원과 작은 빨간 집에 대한 욕심은 더 이상 생기지 않을 것이다. 자신 속에 고향을 가져 보라!

『방랑』

나는 시인이 되고 싶었고, 시인이 되었다. 집을 가지고 싶었고 집을 지었다. 나는 아내와 아이를 갖고 싶었고 가지게 되었다. 나는 사람들에게 이야기하고 그들에게 영향을 주고 싶었다. 그리고 모든 성취는 금세 포만감이 되었다. 포만감을 나는 견딜 수 없었다. 시를 쓴다는 일이 의심스러워졌고 집은 비좁아졌다. 도달된 목표는 목표가 아니고, 모든 길은 우회로였다. 모든 휴식은 새로운 동경을 낳았다. 그럼에도 나는 모든 우회로를 택할 것이고, 모든 성취는 나를 실망시킬 수도 있다. 모든 것이 언젠가는 그 의미를 드러낼 것이다. 대립이 소멸되는 그곳은 니르바나*이다. 아직도 동경의 사랑스러운 별들이 나의 마음속에 밝게 타오른다.

『방랑』

* **니르바나(निर्वाण)**: 불교의 용어로 번뇌라 소멸된 상태, 즉 열반이란 의미이다.

나의 시인 정신과 문학 작업에 대한 믿음은 일련의 변화를 겪은 후 나의 내면에서 사라졌다. 글을 쓴다는 행위는 나에게 제대로 된 어떤 기쁨도 주지 못하였다. 사람은 한 가지 정도의 즐거움을 가져야 한다. 힘들 때 이런 욕심이 생겼다. 나는 정의, 이성, 삶과 세계에 대한 이러한 개념을 포기할 수 있었다. 나는 세계가 이런 모든 개념 없이도 잘 되어 가는 것을 보았다. 그러나 약간의 이러한 즐거움에 대한 요구는 내가 믿었고, 이것으로 나의 세계를 다시 창조할 수 있다고 믿었던 나의 내면 속의 작은 불꽃 중에 하나였다. 나는 자주 나의 기쁨, 나의 꿈, 나의 망각을 한 병의 포도주로 찾았다. 그것은 종종 나에게 도움을 주기도 했지만, 칭찬할 정도는 아니었다. 게다가 충분치도 않았다. 그런데, 보라, 어느 날 나는 완전한 새로운 기쁨을 발견했다. 40세가 될 때 나는 갑자기 그림을 그리기 시작했다. 나는 나 자신이 화가라 생각하거나 화가가 되려는 것은 아니다. 그러나 그림을 그린다는 것은 정말 멋지고, 그것은 사람을 더욱 즐겁게 하고 인내하게 만든다.

「요약한 이력서」

Der Pilger

Eh das Ziel mir war bewußt,
Wanderte ich leicht,
Habe manche Höhenlust,
Manches Glück erreicht.

Nun ich kaum den Stern erkannt,
Ist es schon zu spät,
Hat er schon sich abgewandt,
Morgenschauer weht.

Abschied nimmt die bunte Welt,
Die so lieb mir ward.
Hab ich auch das Ziel verfehlt,
Kühn war doch die Fahrt.

목표를 알기 전에는
나는 이리저리 떠돌아다녔다.
더할 수 없는 쾌락과
순한 행복을 맛보기도 했었다.

이제 내가 그 별을 알아보기에는
때는 이미 너무 늦어 버렸으니,
별은 벌써 등을 돌렸고
새벽녘 찬바람이 분다.

그토록 사랑스러웠던
다사다난했던 세계가 떠나 버렸다.
내 설혹 목표를 놓쳤어도
그럼에도 여행은 대담했다.

「순례자」

인간은 아트만*을 찾아야 한다. 자신의 내면에서 그 근원을 찾아야 한다. 다른 모든 것은 탐색이고 우회로이고, 일탈이었다. 이것이 싯다르타의 사상이었고, 갈증이었고 고통이었다.

『싯다르타』

* **아트만(आत्मन्)**: 산스크리트어로 참되거나 영원한 자아를 의미한다.

싯다르타 앞에는 단 하나의 목표가 있었다. 그것은 해탈의 경지에 이르는 것, 욕심에서 벗어나는 것, 욕구를 버리는 것, 꿈과 기쁨과 고통도 없는 것이었다. 자신을 죽이는 것, 더 이상 자기가 아닌 것, 공허한 마음에서 평온을 찾는 것, 사심 없는 생각을 가짐으로서 기적에 마음을 여는 것, 그것이 자신의 목표였다. 모든 자아를 극복하고 해탈할 때, 모든 병적 욕망과 충동이 마음속에서 침묵할 때, 더 이상 자아가 아닌 존재의 가장 깊은 것, 궁극적인 것, 위대한 비밀을 깨달을 수 있다.

『싯다르타』

싯다르타는 수천 번이나 자신의 자아가 도피한 무無의 세계로, 때론 동물로, 돌로 머물러 있었으나, 되돌아가는 것은 피할 수 없었다. 그가 자신을 발견한 시간은, 햇빛 속이나 달빛 속에서 그늘 속에서 빗속에서도 피할 수 없었다. 그리고 다시 자아가 되고 싯다르타가 되었고 다시 부여된 윤회의 고통을 느끼게 되었다.

『싯다르타』

당신은 죽음에서 해탈을 찾았습니다. 그것은 당신만의 탐구 방법, 당신만의 도정道程으로, 명상, 참선, 인식과 각성으로 이루어졌습니다. 그것은 가르침으로 이루어지지 않습니다! 오, 고귀하신 분이시여, 저는 그 누구도 가르침으로 해탈을 이루지 못한다고 생각합니다. 누구에게도, 오 존경스러운 분이시여, 당신은 자신만의 깨달음의 시간에 당신에게 일어난 일을 연설이나 가르침으로 전달하거나 말할 수 없을 것입니다! 깨달은 붓다의 가르침은 많은 의미를 내포하고, 그것은 올바로 살아가고 악을 멀리하는 것을 가르쳐 줍니다. 그러나 그 명료하고 존경할

»»

»»

만한 가르침도 포함되지 않은 것이 단 한 가지가 있습니다. 그것은 고귀하신 당신이 스스로 체험했던 비밀을 포함하고 있지 않습니다. 이것이 제 생각이고 제가 가르침을 들으며 깨달은 것입니다. 그것이 제가 방랑의 길을 계속하려는 이유입니다. 그러나 보다 훌륭한 다른 가르침을 탐구하려는 것은 아닙니다. 더 이상 훌륭한 가르침은 없기에, 모든 가르침과 스승을 버리고 홀로 나의 목표에 도달하고 죽으려 하기 때문입니다.

『싯다르타』

내가 그 의미와 본질을 배우고자 했던 것은 다름 아닌 자아였다. 자아는 내가 벗어나고 싶은 것, 극복하고 싶은 것이었다. 그러나 나는 그것을 극복할 수 없었고, 속이거나, 자아에서 도피하거나 숨을 수밖에 없었다. 참으로 이 자아가, 세상에서 내가 살아 있다는 것, 내가 다른 사람들과 떨어져 분리되어 있는 한 사람으로 그리고 싯다르타라는 이러한 수수께끼처럼 내 생각을 사로잡은 것은 없었다. 그리고 세상에서 어떤 것도 나 자신에 대해, 싯다르타에 대해 나 자신만큼 알고 있는 것은 없다.

『싯다르타』

2. Oktober 27

이 모든 것, 이 모든 노란색과 파란색, 강과 숲이 처음으로 싯다르타의 눈에 들어왔다. 이것은 악마의 마법이나, 마야*의 베일**이 아니다. 다양성을 경멸하고 통일성을 찾으며 깊이 생각하는 브라만에게는 경멸할 만한, 다양한 현상계 속의 의미 없고 우연한 다양성이 아니다. 파란 것은 파란 것이고, 강은 강이다. 비록 파란색과 싯다르타의 마음속에, 강에 하나이자 신성함이 숨겨져 살아 있다 해도, 여기에 노란색, 여기에 파란색, 저기에 하늘, 저기에 숲 그리고 이곳에 싯다르타가 있는 것이 신성함의 본성이고, 의미이다.

『싯다르타』

* **마야(माया):** 고대 인도의 베단타 학파의 용어로 환영 또는 그것을 주는 여신의 초자연력을 이르는 말.

** **마야의 베일:** 기만 또는 환영의 베일을 뜻한다. 헤세에게 영향을 주었던 독일의 철학자 쇼펜하우어(Arthur Schopenhauer, 1788-1860)는 『의지와 표상으로서의 세계(Die Welt als Wille und Vorstellung)』의 62쪽에서 고대의 힌두교는 현실을 "마야의 베일이라 불리는 현실 세계를 전체적으로 인식할 때 꿈"같은 현상으로 인식한다고 인용한다. 그리고 그는 "철학자는 홀로 깨어 있으려고 노력해야" 함을 강조한다.

그 불안감, 주사위를 던질 때 느꼈던 대단히 짜릿한 불안감, 많은 돈을 베팅할 때 느끼는 불안을 그는 사랑했기에, 다시 하면서, 판돈을 높이고 더욱 격려하였다. 그는 이 느낌에서만이 마치 행복 같은 그 무엇, 도취 같은 그 무엇, 포만감을 느끼면서도 활력 없는 무미건조한 삶 속에서 고양된 삶을 느꼈다.

(…)

그런데 한 번에 많은 돈을 탕진하고도 웃었던 그가 거래를 하면서 더 엄격해지고 옹졸해졌다, 밤에도 돈 꿈을 꾸었다! 그리고 그는 자주 이 불쾌한 마법에서 깨어났고, 자주 침실 벽에 걸린 거울에서 그의 얼굴이 늙고 추해지는 것을 보았다, 자주 수치심과 역겨움이 그에게 몰려오자, 그는 새로운 도박으로, 육욕과 술의 세계로 더 멀리 도망쳤다. 그리고 그 세계에서 다시 돈을 축적하고 벌려는 충동의 세계로 되돌아갔다, 이런 무의미한 순환 속에서 그는 지치고, 늙고 병이 들었다.

『싯다르타』

잠을 자면서 그리고 옴[*]을 통해 그의 내부에서 일어났던 마법 같은 일로 그는 모든 것을 사랑하게 되었고 그는 자신이 보았던 모든 것에 즐거워하며 사랑으로 가득 차게 되었다.

『싯다르타』

* **옴(ॐ):** 힌두교, 불교에서 가장 위대하다고 여겨지는 신성한 음절로 주문의 의미를 지닌다.

그것은 그가 오랜 세월 투쟁해 왔지만, 항상 다시 그를 정복했고, 고행이 끝나면 다시 찾아와 즐거움을 앗아가고 두려움을 느꼈던 그의 자아, 그의 하찮고, 두려워하며 교만한 자아가 아니었나? 이것이 오늘 이 사랑스런 강 옆 숲속에 마침내 죽음을 맞이했던 자아가 아니었을까? 이제 그가 신뢰에 가득 차 두려움도 없고 즐거움이 가득한 어린아이와 같은 것은 자아의 죽음 때문 아니었나?

『싯다르타』

싯다르타는 죽었고, 새로운 싯다르타가 잠에서 깨어났다. 그도 늙어갈 것이다. 그리고 언젠가는 죽게 될 것이고, 싯다르타는 무상하며, 모든 창조물은 무상하다. 그러나 오늘 그는 젊은 어린아이이고, 새로운 싯다르타가 되어 기쁨으로 가득 차 있다.

『싯다르타』

그는 보았다. 물은 흐르고 흐른다, 끊임없이 흐르고 항상 그곳에 머물러 있다. 항상 그리고 언제나 같지만, 순간마다 새롭다!

『싯다르타』

진리를 발견했던 사람은 모든 진리, 모든 길, 모든 목표를 인정할 수 있었고, 영원을 살았고, 신성함을 숨 쉬었던 모든 수천의 다른 사람과 분리될 수 없었다.

『싯다르타』

지혜가 무엇인지, 그가 오랜 기간 진행한 탐구의 목표가 무엇인지에 대한 깨달음이 서서히 싯다르타의 마음속에 피어나서, 점차로 성숙해지고 있었다. 그것은 다름 아닌 영혼의 준비이고, 삶의 한가운데에서 조화의 사상을 생각하고 느끼고 호흡할 수 있는 능력이다. 서서히 그의 마음속에 이 사상이 피어나고, 바수데바*의 늙었지만 어린 아이와 같은 얼굴에서 세상의 영원한 완전성, 미소, 조화가 그에게 반사되었다.

『싯다르타』

* **바수데바:** 『싯다르타』의 작품 속 친구 고빈다와 헤어지고 만난 뱃사공이다. 싯다르타는 상인의 세계에서 나와, 바수데바와 함께 거주하게 되고, 그의 평온함에서 삶의 깨달음을 배우게 된다.

강물에서 그는 이 모든 소리를, 이 수많은 소리를 자주 들었었다. 오늘은 그것은 새롭게 들렸다. 그는 이미 이 수많은 소리를 구분할 수 없었다.

(…)

그리고 이 모든 것, 모든 목소리, 모든 목표, 모든 갈망, 모든 괴로움, 모든 즐거움, 모든 선과 악, 모든 것이 세상이고, 모든 것이 이루어지는 강물이고, 삶의 음악이었다. 싯다르타는 이 강물, 이 수천 음을 내는 노래에 주의 깊게 귀 기울이며, 하나의 노래와 웃음에만 귀 기울이지 않았다. 그는 그의 영혼을 어떤 한 소리에만 얽매여 자신의 자아가 그 목소리에 휩쓸리지 않으면서도 그 모든 것을 들으며, 전체 조화를 인지하게 되었다. 그리고 나서 수천의 목소리로 이루어진 위대한 노래는 완성을 뜻하는 옴이라 하는 유일한 단어로 이루어졌다.

『싯다르타』

27. VI. 30

그리고 고빈다는 보았다. 이 얼굴의 미소, 이 흐르는 수많은 형상 위에 조화의 웃음을, 수천 번의 탄생과 죽은 자에 대한 동시성의 웃음을. 싯다르트타의 웃음도 같은 것이었다. 똑같으며, 싯다르트타가 수백 번 존경의 마음을 가지고 보았던, 고요하고 순수하지만 의중을 알 수 없는 자비롭고, 아마도 조롱하는 듯도 하지만 현명한 붓다의 웃음이었다. 그래서 완성된 자들이 미소를 짓는다는 것을 고빈다는 알게 되었다.

『싯다르타』

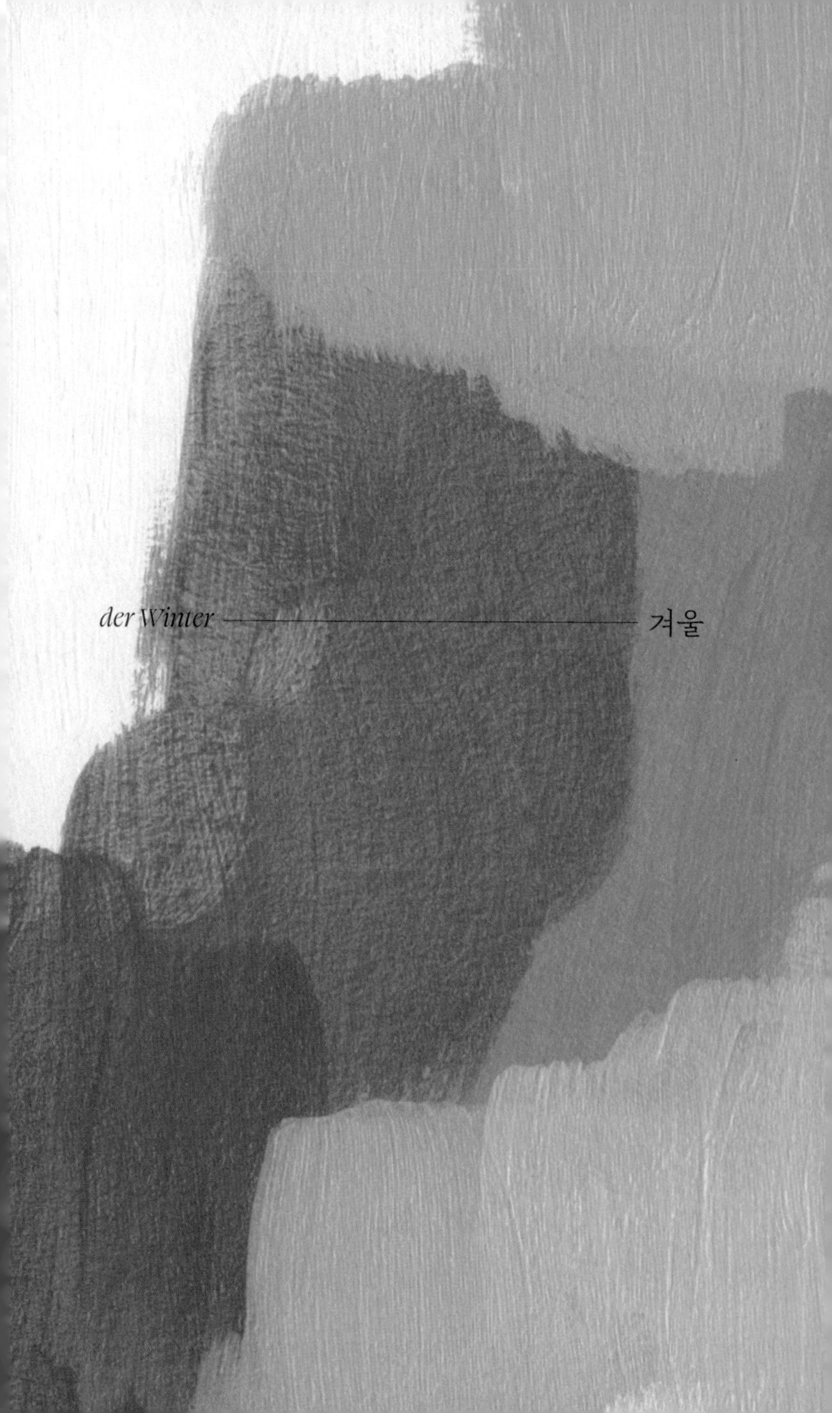

der Winter ——— 겨울

우리 작가들에게 글을 쓰는 작업이 항상 멋지고 흥분되는 일이라는 사실에 독자들은 많이 웃을 수도 있다. 이 작업은 마치 작은 배를 타고 먼바다를 항해하거나 우주를 고독하게 비행하는 일과 같다. 단어 하나를 찾다가 세 개의 단어를 선택하거나, 동시에 작성 중인 문장 전체를 감정과 청각 속에 담기도 한다. 문장을 생각하면서 선택한 구문을 써 내려가고 기본 계획이라는 나사를 조이고, 동시에 전체 장과 책의 어투와 비율을 어떻게든 비밀스럽게 느낌 속에 유지할 수 있게 한다. 이것은 흥미로운 작업이다.

『요양객』

나는 내 경험에 비추어 보아 그림을 그릴 때, 그와 비슷한 긴장감과 집중도를 느꼈다. 그것은 아주 똑같다. 각각의 색상과 그 옆에 색상을 제대로 조심스럽게 조율하여 그리는 것이 쉽지만 멋진 일이다, 사람들은 배우고 그리고 나서 원하는 대로 실행에 옮길 수 있다. 그리고 그것을 넘어서 그림의 전체 부분, 아직 칠하지 않고 보이지 않는 그림도 실제로 생생하게 그리고 고려하여, 서로 교차하는 전체 그림의 촘촘한 점을 느끼게 하는 것이 놀라울 정도로 어렵고 성공하기도 힘들다.

『요양객』

나는 삶 속에서 많은 고통을 겪었다. 많은 잘못을 저질렀고 어리석고 언짢은 일도 많이 했다. 그러나 나는 계속해서 나 자신을 구원하고 나의 자아를 잊고 포기하며 합일의 세계를 느꼈다. 내면과 외부의 균열, 자아와 세계의 균열을 망상으로 인식하고 눈을 감은 채 기꺼이 합일의 세계로 들어갈 수 있었다. 그런 일은 그렇게 쉽게 이루어지지는 않았다. 그러나 나 자신보다 성자의 재능이 적은 사람도 없을 것이다. 그럼에도 기독교의 신학자들이 '은총'이라는 아름다운 이름을 부여한 그 기적을, 더 이상 저항하지 않고, 기꺼이 동의하는 화해의 신성한 경험을 반복해서 접했다. 이는 다름 아닌 기독교에서는 자아의 포기 혹은 인도에서는 합일에 대한 인식이라 하는 것이다.

『요양객』

그러나 행복한 자, 은총을 받은 자 역시 그런 드높은 신성한 순간을 체험하기가 얼마나 어려운가. 더구나 지치고 늙은 우리 같은 인간에게 강인함과 기쁨으로 넘쳤던 어린 시절 행복의 체험과 비교할 수 있는 만족감이 빛을 발하기가 얼마나 어려운가! 도박사가 얼핏 돈을 따고자 마음먹은 것처럼 보여도 실상은 이런 체험을 경험하고자 하는 것이다. 그는 우리의 밋밋하고 진부한 삶 속에서 그렇게 어려워진 행복이라는 극락조를 얻으려고 노력한다. 그의 눈길에서 타오르는 열망이 그것을 보여 준다.

『요양객』

나는 수천 번 오만했고, 수천 번 지치기도 했었고, 수천 번 유치하기도 했으며, 수천 번 노회하고, 냉정하기도 했다. 그러나 오랫동안 지속된 것은 없고. 모든 것이 다시 되돌아왔고 같은 것은 없었다.

(…)

시간, 공간, 지식이나 무지를 알지 못하는 순간, 전통에서 벗어나고, 사랑하고 헌신하며 모든 신과 인간, 세계, 모든 세대와 연결되는 순간에 들어서면, 이 순간 그대는 합일성과 다양성을 동시에 체험하리라. 그리고 붓다와 예수가 그대 옆을 지나가고, 모세와 이야기하고, 실론*의 태양을 피부로 느끼리라 그리고 얼음 속에서 양극을 보게 되리라.

『요양객』

* 실론(Ceylon): 현재는 스리랑카이며, 영국의 지배를 받을 때 실론이라고 불렸다.

고통과 절망과 역겨운 삶으로 인한 혐오감 사이, 어떤 성스러운 순간에 이처럼 견디기 힘든 삶의 의미에 대한 긍정적인 답을 다시 듣는 것으로, 순간 다시 홍수처럼 슬픔이 몰려와도, 충분하다. 이것으로 우리는 한참을 살아갈 수 있다. 단순히 살아가고 견디어 낼 뿐만 아니라, 사랑하고 찬양하게 된다.

『뉘른베르크 여행』

횔덜린의 달*이 떠 있고 강가에 잠들어 있는 골목길에서 숙소로 돌아왔다. 그리고 청년 시절 신성한 장소 중 하나와 예기치 않게 마주쳐 감동과 위로를 받았다. 오랫동안 밤에 시구가 울리는 것 같았고 오랫동안 깊은 우물에서 울리는 듯한 청년 시절의 소리를 들었다.

(…)

우리의 타고난 천성보다 더욱 높은 삶, 더욱 고귀한 인간성에 대한 마법의 소리가, 그 위험한 노래가 얼마나 깊은 고통과 갈등으로 나를 혼란케 하였는가! 그 마법의 소리는 나를 모든 현실과 반목하게 하고 분열하게 하였다. 그리고 더는 치유될 수 없는 차가운 고독, 자아 경멸의 괴로운 심연 속으로 빠지게 하고, 경건이란 신성하지만 과장된 언행을 하도록 하였다.

『뉘른베르크 여행』

* 독일의 시인 프리드리히 횔덜린(Friedrich Hölderlin, 1770-1843)의 시 『빵과 포도주(Brot und Wein. An Heinze, 1800/01)』의 첫 시구에 낮에 북적거리던 사람들이 떠나고 고요해진 도시에 달이 떠오르는 구절이 묘사되어 있다.

요즈음 삶 속에 압박감이 점점 더 심해지자 유머로 도피하였고, 소위 말하는 익살의 실재가 무엇인지를 알게 된 후에는, 비록 짧은 시간 동안 그 중간 단계에 있는 것일지라도, 성스러운 음성에 대한 긍정의 소리, 성스러운 소리와 현실 사이, 이상과 경험 사이에 심연 위에 잠깐이라도 불안전하지만 날아갈 것 같은 다리를 놓는 시도를 하였다. 비극과 유머는 서로 대립 관계가 아닌데 오히려 어떤 한 사람이 다른 이에게 무자비하게 요구하기에 서로 대립한다.

『뉘른베르크 여행』

하리와 같은 비슷한 유형의 사람들이 꽤 많다. 특히 많은 예술가가 이런 유형에 속한다. 이러한 사람들은 모두 두 개의 영혼, 두 개의 존재를 내면에 지니고 있다. 하리의 내면에 이리와 인간이 있는 것처럼, 그 내면에는 신적인 것, 악마적인 것, 모성과 부성, 행복의 능력과 고통의 능력이 적대적이고 혼란스럽게 나란히 있거나 서로 뒤섞여 있다. 그리고 삶이 대단히 불안한 사람들이 때때로 그들의 드물게 찾아온 행복의 순간에 그렇게 강렬하고 뭐라 말할 수 없는 아름다움을 경험한다, 이 순간의 행복이란 거품이 때때로 고통의 바다 위에 때로는 대단히 높은 곳에서 빛을 발하며 뻗어 올라, 이 짧은 행복의 섬광이 빛을 발하여 다른 이들을 감동시키고 매혹한다. 그렇게 고통의 바다 위에 소중하고 일시적인 행복이란 거품이 성립된다. 모든 예술 작품에는 개개의 고통받는 인간이 한 순간 자신의 운명을 그렇게 높이 고양시키고 행복은 별처럼 빛을 발하여, 이것을 보는 사람들은 마치 어떤 영원함과 자신의 행복의 꿈이 떠오른다고 여긴다.

『황야의 이리』

권력을 가진 자는 권력으로 망하고, 돈을 가진 자는 돈으로 망하며, 굴종하는 사람은 굴종으로 망하고, 쾌락을 추구하는 사람은 쾌락으로 망한다. 황야의 이리는 그의 자유로 인해 망하게 되었다. 그는 자신의 목표에 도달했다. 그는 점점 더 자유로워졌고, 아무도 그에게 명령을 내리지 않았으며 누구의 지시도 따르지 않아도 되었다. 그는 자신의 행동과 의견을 자유롭게 결정했다. 모든 강한 사람은 실제의 충동이 그에게 추구하라고 명령하는 것을 틀림없이 성취한다. 하리는 성취한 자유 한가운데 그의 자유가 죽음이었다는 사실을 갑자기 인식했다. 그는 혼자 서 있고 세계는 그를 기묘하게 내버려두었다. 사람들은 그에게 관심을 두지 않았고 물론 그 자신도 그러했다. 그는 점점 더 단절과 고립이라는 점점 더 희박해지는 공기로 서서히 질식하고 있었다.

『황야의 이리』

유머만이 가장 위대하지만 억압받는 사람, 비극적인 사람, 능력이 탁월하지만 불행한 사람의 훌륭한 발명품이다. 유머만이(아마도 인간의 가장 독특하고 탁월한 업적일 것이다) 불가능한 것을 완성케 하고, 프리즘의 방사선으로 인간 존재의 모든 영역을 포괄하고 통합한다. 세상을 부정하면서 세상 속에 살아가는 것, 법을 존중하면서 법을 넘어서는 것, '마치 소유하지 않은 듯 소유하는 것', 포기하지 않은 듯 포기하는 것, 높은 삶의 지혜 중 가장 사랑받고 흔히 공식화되는 모든 요구는 유일하게 유머를 통해서 실현될 수 있다.

『황야의 이리』

나는 꿈속에서 비인간적으로 웃으며 끊임없이 농담을 하던 그 늙은 현자 괴테의 모습을 보았다. 이제 나는 끝없이 웃었던 괴테의 웃음을 이해했다. 그것은 대상이 없는 웃음이었다. 단지 빛이고 밝음이었다. 진실한 인간이 괴로움과 악덕, 오류, 격정과 오해를 통하여, 영원 속으로, 우주 속으로 뚫고 나갔을 때, 남은 것이었다. 그리고 '영원'이란 다름 아닌 시대의 구원이고, 말하자면, 순수로의 회귀, 공간으로의 재변형이었다.

『황야의 이리』

인간이란 이미 창조되어 있는 것이 아니라, 그것은 정신의 요구이다. 인간이란 갈망하면서도 두려워하는 하나의 멀고 먼 가능성이다. 인간이 되는 길은 두려운 고통과 무아경 속에서 조금씩 나아갈 수 있다. 소수의 사람만이 견디어 낼 수 있는데, 그들에게는 오늘은 단두대가 내일은 명예의 기념비가 준비되어 있다.

『황야의 이리』

나는 항상 죽음을 두려워하면서 극복하려고 싸웠다. 죽음과의 싸움은, 무조건적이고 완고한 삶의 의지는 모든 뛰어난 인간이 행동하고 살아온 원동력이라 믿는다.

『황야의 이리』

그는 권력과 착취를 반대하는 사람이었지만 그러나 그는 은행에 여러 기업의 증권을 가지고 양심의 가책 없이 이자를 받아먹고 살아왔다. 그리고 모든 일이 그런 식이었다. 하리 할러는 이상주의자와 세계 경멸자로, 슬픈 은둔자와 불평하는 예언자로 위장했지만, 근본적으로 그는 부르주아에 지나지 않았다.

『황야의 이리』

"이것이 삶의 기술입니다." 그는 설교조로 말했다. "미래에 당신은 삶이란 유희를 계속해서 마음대로 계획하고 활기차게 하거나 엉키게 할 수 있고 풍요롭게도 할 수 있습니다. 그것은 당신의 손에 달려 있습니다."

『황야의 이리』

나는 삶이란 유희의 수십만 개 조각이 내 주머니 속에 있다는 사실을 알게 되었고, 그 의미를 예감하고는 충격을 받았다.

『황야의 이리』

아, 모든 것이 아름답다 하더라도, 불가사의하고 슬프구나. 사람들은 아는 것이 없다. 사람들은 지상에서 삶을 이어 가고 숲속을 돌아다니거나 말을 타고 다닐 뿐이다. 그리고 많은 사람은 그렇게 요구하고 약속하며 그리고 욕망을 깨우는 듯 둘러본다. 밤에 보이는 별 하나, 푸른색 초롱꽃, 초록색 갈대가 자라는 호수, 인간과 암소의 눈, 그리고 때로는 모든 것이 한 번도 보지 못했거나 오랫동안 동경했던 일이 이루어져 베일이 벗겨진 듯하다. 그러나 곧 지나쳐 버려 아무 일도 일어나지 않고 수수께끼는 풀리지 않으며 신비로운 마법은 풀리지 않는다.

『나르치스와 골드문트』

산다는 것은 멋진 일이다. 그는 풀밭에서 작은 바이올렛 꽃을 꺾어, 눈에 대고 작은 꽃받침을 들여다보았다. 잎맥이 나 있고 작고 섬세한 기관이 살아 있다. 마치 여인의 품처럼 혹은 철학자의 뇌수에서처럼 삶이 태동하고 기쁨으로 전율하고 있다.

『나르치스와 골드문트』

그는 죽음 앞에 절망적인 최후의 순간에도, 자신이 하찮고 비참하며 위태로운 상태임을 알면서도, 삶의 아름답고도 섬뜩한 힘과 강인함을 느낀다.

『나르치스와 골드문트』

아마도, 그는 생각했다. 모든 예술과 정신의 근원은 아마도 죽음에 대한 두려움일 것이다. 우리는 죽음을 두려워하고, 무상함 때문에 전율한다. 항상 낙화와 낙엽을 슬퍼하며 바라보고, 우리도 덧없이 곧 시들어 버린다는 사실을 마음으로 느낀다. 거대한 죽음의 무도舞蹈에서 우리는 예술가로서 형상을 창조하거나, 사상가로서 법칙을 탐구하고 사상을 체계화하는 행위를 통해 우리 자신보다 더 오래 지속될 무언가를 구원하고 만들어 내는 일을 한다.

『나르치스와 골드문트』

도도하게 흐르는 수정실 같은 물속을 들여다보니, 희미하게 어두운 바닥 여기저기서 무엇인가가 황금빛으로 은은하게 발하면서 유혹하는 듯했다.

(…)

정말로 그것이 무엇인지 알 수 없었지만, 물속 검은 바닥에 가라앉아 순간적으로 희미하게 빛을 발하는 황금은 말할 수 없이 아름다웠다. 모든 진실한 비밀이, 영혼의 모든 실질적이고 진정한 형상이 그에게는 물의 작은 비밀과 같았다. 그것은 윤곽도, 형태도 없고, 마치 먼 곳에서 보이는 아름다운 가능성처럼 예감만 할 수 있을 뿐, 베일에 싸여 모호하였다. 그것은 초록색 강물 깊은 곳, 어둑어둑한 곳에서 순간 강력한 황금색이나 은빛을 발하듯이, 아무것도 아니지만 어떤 신성한 약속으로 충만하였다.

『나르치스와 골드문트』

예전에 그는 성당을 지나가다가, 정문 옆에 장식된 원주가 떠받치는 깊은 벽감에 세워진 지난 시절의 많은 석상을 보았다.

(…)

그것은 아름답고 품위 있어 보였지만 약간 엄숙하고 뻣뻣하고 구태스럽게 보였다.

(…)

그런데 그가 많은 형상으로 충만해지고, 맹렬한 모험과 경험으로 인한 상처와 흔적을 지닌 영혼을 지니면서 명상과 새로운 창작을 향한 고통스러울 정도의 동경을 안고 속세로 돌아와 보니, 이 오래된 근엄한 석상들이 강력한 힘으로 그의 마음을 흔들어 놓았다.

『나르치스와 골드문트』

그러면 예술은 자네에게 무엇을 주었고 어떤 의미를 지니나? “무상함의 극복이었습니다. 나는 인간의 삶이란 바보짓과 죽음의 무도舞蹈 사이에서 어떤 것이 살아남고 더 오래 살아남는지 보았습니다. 그것은 바로 예술 작품입니다.”

『나르치스와 골드문트』

자네는 이데아, 형상에 관해 이야기하는군. 그 어디에도 없지만, 창조 정신으로 물질이 되어 눈에 보이게 된 그 이데아 말이야.

(…)

이제 철학적 이념을 인정하면, 자네는 이데아, 즉 정신의 세계, 철학자와 신학자의 세계로 들어온 것이네.

『나르치스와 골드문트』

나는 자네에게서 많은 것을 배우고 있네, 골드문트. 나는 예술이 무엇인지 이해하기 시작했네. 예전에는 예술을 사상이나 학문과 비교할 수 없다고 생각했어. 진지하게 받아들이지 못했지.

(…)

인식에 도달하는 방법에는 여러 길이 있다는 사실을 알게 되었어. 이제야 나는 정신의 세계가 인식에 이르는 유일한 길도, 최상의 길도 아니라는 사실을 알게 되었어. 정신의 세계는 나의 길이고, 분명 나는 여기에 머물러 있을 거야. 그러나 자네는 반대의 길, 감각으로 가는 길에서 존재의 비밀을 깊게 파악하고 사상가 대부분보다 훨씬 생동감 있게 표현할 수 있을 걸세.

『나르치스와 골드문트』

"그것은 봉사의 법칙입니다. 오래 살고 싶은 사람은 봉사해야 합니다. 그러나 누군가를 지배하려고 하는 사람은 오래 살지 못합니다."

"그런데 왜 그렇게 많은 사람이 권력을 얻으려 하지요?"

"그들은 모르기 때문이지요. 지배자가 되도록 태어난 사람은 몇 명밖에 되지 않습니다. 그들은 다른 사람을 지배하면서 즐거움을 느끼고 건강하게 살아갑니다. 그러나 야심으로만 지배자가 되었던 다른 모든 사람은 무無로 끝납니다."

"어떤 무로 끝난다는 말입니까, 레오?"

"요양소 같은 곳 말입니다."

『동방순례』

나는 책을 쓰거나 절망하는 길밖에 없었다. 이 작업이 무無, 혼돈, 자살로부터 나를 구원하는 유일한 가능성이었다. 이러한 부담감 속에 책을 썼고, 책 내용이 좋든지, 나쁘든지 간에 단순히 글을 쓰는 일로 나는 기대했던 구원을 얻었다.

『동방순례』

Schmerz

Schmerz ist ein Meister, der uns klein macht,
Ein Feuer, das uns ärmer brennt,
Das uns vom eigenen Leben trennt,
Das uns umlodert und allein macht.

Weisheit und Liebe werden klein,
Trost wird und Hoffnung dünn und flüchtig;
Schmerz liebt uns wild und eifersüchtig,
wir schmelzen hin und werden Sein.

고통은 우리를 굴종하게 하는 지배자이다.
삶에서 우리를 갈라놓고
우리 주위에서 타오르고 고립시키며
우리를 더욱더 가난하게 만드는 불이다.

지혜와 사랑도 작아지고
위로와 희망은 빈약해지다가 달아난다.
고통은 우리를 사랑하지만, 거칠고도 질투심이 강하기에,
우리는 녹아 내려 고통의 소유물이 된다.

「고통」

Entgegenkommen

Die ewig Unentwegten und Naiven
Ertragen freilich unsre Zweifel nicht.
Flach sei die Welt, erklaren sie uns schlicht,
Und Faselei die Sage von den Tiefen.

Denn sollt es wirklich andre Dimensionen
Als die zwei guten, altvertrauten geben,
(...)

Denn sind die Unentwegten wirklich ehrlich,
Und ist das Tiefensehen so gefahrlich,
Dann ist die dritte Dimension entbehrlich.

영원히 굴하지 않는 어리석은 사람은
우리의 의구심을 결코 받아들이지 않는다.
지구가 평평하고, 심연의 전설이
헛소리라고 간단히 말한다.

그런데 오랫동안 믿어왔던 훌륭한 두 개의 사실과는
다른 관점이 정말로 있을 수 있다.
(…)

굴하지 않는 사람이 정말 훌륭하다고 할 수 있지만,
그렇지만 심연을 바라보는 것이 위험하다면
그러면 제3의 관점은 꼭 필요하다.

「승복하기」

출처

이 책의 출처는 독일 주어캄프Suhrkamp 출판사에서 2001-2003년에 총 20권으로 출간된 헤르만 헤세의 전집 "Sämltliche Werke" 그리고 총 1973-1986년에 4권으로 출간된 헤세의 서간집 "Gesammelte Briefe"이다.

전집

- 「작은 기쁨」(13권, 1899): 7, 7 이하.
- 「불면의 밤」(13권, 1900): 13.
- 「베네치아 비망록」(11권, 1901): 267.
- 「오디세우스-리보르노에서」(10권, 1901): 78.
- 「산 클레멘테의 사이프러스들」(10권, 1901): 91 이하.
- 「스페치아에서」(10권, 1901): 116 이하.

- 「소년 시절」(12권, 1903): 75 이하.
- 「게으름의 예술」(13권, 1904): 25 이하.
- 「아시시의 성 프란치스코」(1권, 1904): 640, 649, 651.
- 『페터 카멘친트』(2권, 1904): 69, 82, 82 이하.
- 「멀리 보이는 푸른빛」(13권, 1904): 54.
- 「홀로」(10권, 1906): 170.
- 「안개 속에서」(10권, 1906): 136.
- 『수레바퀴 아래서』(2권, 1906); 245.
- 「행복」(10권, 1907): 164.
- 「크리마스에 즈음하여」(13권, 1907): 162, 162 이하.
- 『게르트루트』(2권, 1910): 283, 320, 368, 380, 383, 389 이하, 418, 431, 434.
- 「독서하는 일에 대하여」(13권, 1911): 202 이하.
- 「어느 여행길」(13권, 1913): 303.
- 「내면의 풍요로움」(13권, 1916): 367.
- 「운명의 날들」(10권, 1918): 234.
- 「책들」(10권, 1918): 246 이하.
- 「내면으로의 길」(10권, 1918): 246.
- 「마르틴의 일기에서」(13권, 1918): 385, 385 이하, 386 이하, 387.
- 『데미안』(3권, 1919): 236, 271, 293, 299, 305, 310, 318, 322, 326, 331, 335, 350.
- 『클링조어의 마지막 여름』(8권, 1920): 312, 322.

- 『방랑』(11권, 1920): 8, 10, 17 이하, 18, 21, 23, 25, 31 이하, 33, 34.
- 「요약한 이력서」(12권, 1921/24): 57.
- 「순례자」(10권, 1921): 288 이하.
- 『싯다르타』(3권, 1922): 376, 380, 381 이하, 394, 396 이하, 397 이하, 424 이하, 434, 437 이하, 438, 439, 445, 458, 461 이하, 471.
- 『요양객』(11권, 1925): 81, 84, 99, 122.
- 『뉘른베르크 여행』(11권, 1927): 155 이하, 156.
- 『황야의 이리』(4권, 1927): 48, 49 이하, 57 이하, 64, 96, 125, 147, 181, 203.
- 『나르치스와 골드문트』(4권, 1930): 328, 349, 386, 399, 420 이하, 457 이하, 494, 495, 512.
- 『동방순례』(4권, 1932): 551, 561.
- 「고통」(10권, 1933): 325 이하.
- 「승복하기」(10권, 1936): 329.

서간집

- 펠릭스 브라운Felix Braun에게 보내는 1917년 6년 7일 자 편지(서간집 1권, 1917): Nr. 272.

- 헬레네 벨티Helene Welti에게 보내는 1919년 11월 7일 자 편지(서간집 Bd. 1, 1919): Nr. 339.
- 프란츠 카를 긴츠키Franz Karl Ginzkey에게 보내는 1920년 12월 21일 자 편지(서간집 Bd. 1, 1920): Nr. 371.

참고문헌

- 아르투어 쇼펜하우어: 의지와 표상으로서의 세계. 홍성광 옮김. 을유문화사 2009.
- Hölderlin, Friedrich: Hölderlins Werke und Briefe. Hrsg. von Friedrich Beißner und Jochen Schmidt. Insel Verlag, Frankfurt am Main 1969.

헤르만 헤세

헤르만 헤세Hermann Hesse(1877-1966)는 1877년 7월 2일 독일 남부 뷔르템베르크주의 소도시 칼프Calw에서 태어났다. 외할아버지 헤르만 군테르트Hermann Gundert는 인도학을 연구하는 학자이자 개신교 선교사이며, 아버지 요하네스 헤세Johannes Hesse도 개신교 선교사이자 칼프 출판협회장이었다. 헤세는 슈바벤의 경건주의 집안의 지적인 분위기 속에 성장하였다. 1881년 헤세는 부모와 함께 스위스 바젤로 이주하여 1882년 스위스 국적을 취득하였다. 너무도 자유분방하고 반항심이 강한 헤세의 성격 때문에 부모는 그를 선교단 기숙학교인 크나벤하우스로 보내기로 결정했고, 주말에만 집에 올 수 있었다. 부모의 이러한 결정으로 인하여 헤세의 성격은 대단히 불안해졌고 반항심이 강해졌다고 한다.

1886년 가족이 다시 칼프로 돌아오고 헤세는 실업학교에 입학했다. 그 후 헤세는 신학교에 입학할 자격을 얻기 위해 뷔르템베르크주 정부의 시민권을 취득했다. 1891년 9월에 마울브론 신학교에 입학하였다가, 그곳을 도망쳐 나왔다. 1892년 그는 바트 볼에 있는 불름하르트 목사가 운영하는 기관에서 치료받았다가 6월에 자살을 시도했다. 그 후 슈투트가르트 근교의 렘슈탈에 있는 슈테텐 정신 요양소에 3개월 동안 입원하여 치료를 받았다.

1892년 바트 칸슈타트 김나지움에 입학하여 1년간 공부하다가, 중등학교 자격시험을 치른 후 학업을 중단했다. 그 후 에슬링겐에 서점 견습 사원으로 근무하지만 3일 후 그만두고 반년 동안 아버지의 조수로 일했다. 1894년 여름부터 칼프의 페로트 탑시계 공장에서 14개월 동안 견습공으로 일했다. 1895년에는 튀빙겐의 헤켄하우어 서점에서 판매원으로, 1899년에는 1년 정도 바젤의 중고 서점인 라이히에서 일했다.

헤세는 1898년 『낭만의 노래Romantische Lieder』를, 1899년 산문집 『한밤중 뒤의 한 시간Eine Stunde hinter Mitternacht』

을 출간했다. 그 외 「스위스 일반신문Allgemeine Schweizer Zeitung」에 기사와 서평을 쓰기 시작했다. 1901년 첫 번째 이탈리아 여행, 1903년에 두 번째 이탈리아 여행을 했다. 헤세는 총 10번의 이탈리아 여행을 했다. 그의 초기 작품에서는 이탈리아의 문학의 영향을, 특히 이탈리아의 예술과 자연이 그의 작품 속에 구현되어 있다.

1904년 그는 사진작가 마리아 베르누이Maria Bernoulli와 결혼했다. 그 둘 사이에 첫째 아들 브루노Bruno Hesse, 둘째 아들 하이너Heiner Hesse, 셋째 아들 마르틴Martin Hesse이 탄생했다.

1904년 피셔 서점에서 『페터 카멘친트Peter Camenzind』가 출간되었고, 이 작품으로 헤세는 신진 작가로서 지위를 확보했다. 1906년 『수레바퀴 아래서Unterm Rad』를 출간했고, 진보적 주간지 「3월März」 창간에 참여하여 공동 편집자로 활동했다. 그는 1912년에는 스위스 베른으로 이사했다.

1914년 제1차 세계대전이 발발하자, 그는 '독일 전쟁 포로를 위한 도서 센터Bücherzentrale für deutsche Kriegsgefangen'를 설립하여 외국 수용소에 억류된 군인들에게 책을 제

공했다. 1914년 『로스할데Roßhalde』가 출간되었다. 1914-1919년까지 「세계사Weltgeschichte」, 「전쟁과 평화Krieg und Frieden」 등의 반전 내용을 담고 있는 많은 정치적 논평들을 발표했다. 1915년 시집 『고독한 자의 음악Musik des Einsamen』을 출간했다.

1916년에 아버지가 사망했고, 그의 아내 마리아(미아Mia)가 정신 분열증을 앓기 시작했으며 막내아들 마르틴이 치명적이라 의사가 처방했을 정도의 정신병이 발병하자, 그는 심각한 심리적 고통을 받았다. 결국 그는 1916년 5월부터 루체른의 존마트 병원에서, 그 후 1916년과 17년에 걸쳐 융Carl Gustav Jung의 제자 랑Josef Bernhard Lang으로부터 정신 요법 치료를 받았다.

1919-1923년 잡지 「비보스 보코Vivos Voco」의 공동 발행인으로 활동했다. 시대 비판적 출판을 금지하라는 경고를 받고 1919년 에밀 싱클레어Emil Sinclair라는 가명으로 『데미안Demian』을 발표했다. 1920년에는 『클링조어의 마지막 여름Klingsors letzter Sommer』를, 1922년에는 『싯다르타Siddhartha』를 인도의 시문학이라는 부제로 출간했다.

1923년 첫 번째 부인과 이혼하고, 1924년 스위스인

인 루트 벵어Ruth Wenger와 결혼했다. 그는 처음에는 베른 시 시민권을, 그다음에는 스위스 국적을 취득했다. 1924년에는 『요양객Kurgast』, 1927년에는 『뉘른베르크 여행Die Nürnberger Reise』을 출간했다. 그리고 같은 해에 『황야의 이리Der Steppenwolf』를 출간했고, 이 저서가 히피들의 성서가 되면서 그는 더욱 명성을 떨쳤다.

헤세는 1920년 초에 이미 독일이 전쟁을 일으킬 것을 예감했었고, 1930년에는 프로이센 예술 아카데미Preußischen Akademie der Künste를 탈퇴했다. 1933년 히틀러가 독일 총통이 되었다. 1930년 『나르치스와 골드문트Narziss und Goldmund』가 출간되었다.

1931년 예술사가인 니논 돌빈Ninon Dolbin과 결혼하고 티치노Ticino(독일명 Tessin)주 몬타뇰라Montagnola의 카사 로사Casa Rossa로 이주하여 평생 그곳에서 거주했다. 1932년 『동방 순례Die Morgenlandfahrt』가 출간되었다.

1935년에는 동생 한스Hans가 자살했다. 1939-1945년까지 나치 독일은 헤세의 작품을 출간하지 못하게 했다. 1941년 스위스에서 그의 작품이 출간되었다. 1943년에는 장편 『유리알 유희Glasperlenspiel』를 발표했다. 1946년 그는 괴테상과 노벨상 그 외 여러 상을 획득했다. 그 외 1947년 베를린대학과 베른대학 철학부에서 명예 문학 박사를 취득했다. 1962년 8월 9일 몬타뇰라에서 뇌출혈로 세상을 떠나, 성 아본디오Saint Abondio 교회 묘지에 영면했다.

책 소개

1946년 노벨 문학상을 받은 독일 작가 헤르만 헤세는 우리나라에서 『데미안Demian』(1919)으로 명성을 얻고 사랑받는 작가이다. 『데미안』이 우리나라의 고등학교에서 교양도서로 선택된 이유는, 주인공이 '인간 형성' 과정 속에서 여러 유혹과 위기를 극복하고, 자아를 찾는 과정을 보여 주는 '성장 소설'이기 때문이다. 그의 작품은 50개 이상의 언어로 번역되어 20세기에 가장 널리 읽힌 독일어 작가이기도 하다.

헤세의 작품은 크게 두 가지로 평가할 수 있다. 하나는 '영혼의 전기' 혹은 '현대 지식인의 병리적 전기'이고, 다른 하나는 '시대의 기록'이다. 이는 그의 작품의 특징에서 연유하는데, 하나는 작품 속 그의 자서전적인 요소이고,

다른 하나는 그가 자신이 살았던 시대에 대한 비판적 요소이다.

헤세가 시 「추방된 자Der Ausgestossene」에서 말하듯이, 삶은 많은 '우회로와 오류'의 연속이다. 그는 자신의 경험을 바탕으로 하여 작품 속 인물을 창조하였다. 즉 그는 인간들이 삶 속에서 실수하고 고통을 겪어도, 그 과정에서 삶의 의미를 통찰하고 결국에는 삶을 긍정하는 인물을 창조한다. 이는 헤세의 작품 속 인물들의 이야기가 많은 독자의 공감대를 형성한 이유기도 하다.

작가로서 명성을 획득하기 전부터 헤세는 남다른 삶을 살았다. 그는 경건주의 학자 집안에서 학교를 자퇴하고, 15세에 정신 병원에서 자살을 시도하기도 하였다. 작가의 위치가 확고해진 이후에도 그는 여러 어려움을 경험했다. 그는 아내의 정신분열증, 아들과 동생의 사망 등 비극적 가족 문제를 경험했다.

헤세는 권위주의적 빌헬름의 제국 시대, 제1차, 제2차 세계대전 그리고 전후 갑작스러운 대중문화 시대를 경험하면서, 많은 시대사적 고민과 그로 인한 개인의 고통을 그의 작품에서 묘사했다. 그는 제1차 세계대전의 전쟁

선동자들을 비판하여 언론으로부터 조국의 배신자로 낙인찍히고 나치 치세에는 출판 금지를 당하기도 했다. 그러나 그의 작품들은 단순히 비판적 시대 의식과 개인적 삶의 묘사에 그치지 않고, 인간관계의 의미를 성찰하여 화해를 시도하고 삶의 긍정을 설파했다.

헤세는 삶의 의미를 알아 가는 방법으로 많은 역사적 인물들과 그들의 저서를 연구하였고, 그의 철학적 사유를 작품 속 인물에 투영했다. 대표적인 케이스가 성 프란치스코Francesco d'Assisi(1182-1226), 역사 및 미술사 연구가인 야콥 부르크하르트Jakob Burkhart(1818-1897), 고타마 싯다르타 그리고 프리드리히 니체Friedrich Wilhelm Nietzsche(1844-1900)이다. 그는 자신에게 삶에 대한 열정과 삶의 방향을 제시해 주는 성 프란치스코의 자연관, 소박한 삶의 영위와 베푸는 사랑을 작품 속 인물에 투영한다. 특히 자연 사랑은 융이 제시하는 심리 치료의 방안으로 시작된 그림 그리기 작업과 연결되어, 그의 작품 속에서 자연은 한 편의 풍경화가 되었다. 그는 그림 그리는 일을 '놀이'로, 위로와 구원을 얻는 작업으로, 그의 삶을 지탱하는 힘을 주는 작업으로 인식했다. 이런 인물상은 『클링조어의 마지막 여름』에서 죽기 전 예술가의 마지막 열정을 불사르는 반 고흐의 모습으로 재현된다.

헤세는 부르크하르트의 『이탈리아의 르네상스 문화Die Kulturder Renaissance in Italien』(1860)와 『콘스탄티누스 대제 시대Die Zeit Konstantins des Grossen』(1853) 등을 통해 역사적 생성과 변화의 흐름 속 삶의 활동의 의미를 깨닫는다. 부르크하르트의 영향은 후에 『유리알 유희Glasperlenspiel』(1943) 속 야코부스Jakobus 신부라는 인물을 통해 역사 위기 속 개인의 역할을 인식하도록 한다.

그는 불교의 교리를 알게 되고 난 뒤, 불교의 가르침을 '고뇌로부터의 구원'과 '구원의 길'로 파악한다. 그리고 부처의 생을 연상케 하는 『싯다르타』를 완성했다. 이 작품에서 헤세는 주인공의 삶을 통해 참된 자아를 찾고, 해탈, 윤회, 자아와 사물의 의미를 알아 가면서 삶 속의 깨달음을 획득하는 과정을 묘사한다.

헤세의 『나르치스와 골드문트』에서는 정신 혹은 진리를 추구하는 나르치스와, 예술 혹은 세상의 원형을 추구하는 골드문트라는 두 가지 삶의 가능성이 제시된다. 헤세는 1895년부터 니체 철학에 심취했다. 특히 니체는 저서 『권력에의 의지Der Wille zur Macht』* 속 '삶으로서의 권력 의지'를 말하는데, 여기에서 권력이란 존재와 근원을 이루는 힘으로서 활력을 뜻한다. 헤세는 니체적 의미에서 삶의 활동을 하는 두 인물을 형상화하면서 삶의 의미에 대해 생각하게 한다.

헤세는 작가를 단순히 글쓰기 혹은 창조하는 직업으로 묘사하지 않고 아낌없이 베풀면서 인류에게 봉사하는 것으로 묘사한다. 그는 인간의 삶을 성찰하고 긍정하면서, 인류에게 이상적 세계상을 제시하는 작가이다. 그가 삶을 성찰하며 획득한 삶의 철학을 바탕으로 독자에게 전달하고자 하는 삶의 이야기를 읽으면, 독자들도 삶의 의미를 다시 한번 생각하게 되고 그 힘으로 삶을 살아가는 힘을 얻을 것이다.

* 니체의 『권력에의 의지』는 니체의 유고를 그의 누이동생이 편집·발간한 철학 이론서이다. '권력에의 의지'는 니체가 『차라투스트라는 이렇게 말하였다(Also sprach Zarathustra, 1883-1885)』에서 이미 피력하고 여러 저서에도 언급한 그의 철학적 근본 개념이다.

삶의 사계:
헤르만 헤세 아포리즘

초판 1쇄 인쇄 2024년 05월 7일
초판 1쇄 발행 2024년 05월 20일

지은이 헤르만 헤세
엮은이 김선형

펴낸이 이방원
책임편집 배근호 **책임디자인** 박은정
마케팅 최성수·김준 **경영지원** 이병은

펴낸곳 세창미디어
신고번호 제2013-000003호 주소 03736 서울시 서대문구 경기대로 58 경기빌딩 602호
전화 02-723-8660 팩스 02-720-4579 이메일 edit@sechangpub.co.kr 홈페이지 http://www.sechangpub.co.kr
블로그 blog.naver.com/scpc1992 페이스북 fb.me/Sechangofficial 인스타그램 @sechang_official

ISBN 978-89-5586-813-5 03850